メディアワークス文庫

パーフェクトフレンド
新装版

野﨑まど

目　次

旧装丁版イラスト・カバーキャラクターデザイン原案／kashmir

. Preamble of fable

その少女には友達がいなかった。

今年で小学校四年生になろうという歳《とし》なのに、ただの一人も友達がいなかった。それは家庭環境のせいだったり、生活環境のせいだったり、必然的なことであったり、偶然的なことであったのかもしれないが、何にせよ現在の少女に友達が一人もいないことだけは確かだった。

母親は、そろそろ娘にも友達ができてほしいと思った。豊かな人生を歩んでほしいと願った。しかしまだ子供である娘には〝豊か〟とはどういうことなのかが上手《うま》く理解できなかったし、そもそも〝友達〟とは何なのかを知らなかった。だから別段欲しいとも思っていなかった。

ただあえて言うならば、こういう子はそれほど珍しくない。

友達がいない、友達というものがよくわからない、という気持ちはさほど特異なものでもない。幼少時には同じような考えに囚《とら》われた経験を持つ人もいるのではないだろうか。この気持ちは、子供が成長の過程に通り過ぎるものとしては至極全うで、普遍的ですらある思考の一つである。

だからこの少女も特別な存在ではなく、この物語もまた、あえて特筆するような特別な話ではないのかもしれない。

彼女にまつわる小さな物語が、世界を大きく揺るがすことは無い。彼女は東京都下の住みやすい街で、ごく普通の小学生として、小学生らしく生き、小学生らしい経験をして、小学生らしく成長していくだろう。これから語られるのはそんなとても小さな物語であって、もしかしたら本当は語る必要すらないことなのかもしれない。

だがそれでもあえて、この物語に語るべき部分があるのだとしたら。

それはこの一点に尽きるのだろう。

〝友達とは、素晴らしいものである〟

I. Proceedings of fate

1

「りざうあぢゃあああん」

りざうあと呼ばれた制服の少女が誰がりざうあだと思いながら振り向くと、見慣れた顔の友人が大袈裟《おおげさ》なアクションで泣いていた。四年生に進級して最初のホームルームが終わり、さて帰ろうとカバンを取った矢先である。

「誰がりざうあよ」

肩より少し長い髪の利発そうな少女は、ぞんざいに返答した。

「ううぅ……聞いて！　聞いてよ！　りざくざちゃん！」

「惜しい」

「りざぐ、り、りだぐざ、ざ、ざくっ、ざくっ」

大判小判が出てきそうになったところで、スクールバッグから水筒を取り出してお茶を注ぐ。コップを差し出すと友人は一気に飲み干して、ぜぇぜぇ言いながら呂律《ろれつ》を整えて、改めて叫んだ。

「理桜《りざくら》ちゃん！」

理桜はよくできました、と友人の頭をなでた。

言い辛《づら》いし読み辛い名前だなと自分でも思う。漢字の画数も多いのでテストで名前を書く時などは鬱陶しく思うこともある。ただクラスメイトの名前を見渡すと、自分よりも読み辛く書き辛い名前はいくらでもあった。最近の流行なのかもしれないが、親はもう少し子供の生活に想像力を働かせてほしいなと思う。中には小学校で習わないような漢字もあり、三年生になってもひらがなで名前を書いている子までいる。それに比べると自分の名前はまだマシなのだろうと理桜は思っている。それに〝りざくら〟という音の響きは、実は結構気に入っていた。

「ごめんね、言い辛くて」

理桜が頭をなでながら謝ると、友人はううん、と首を振る。

「全然平気だよ。ややがすぐ噛《か》むだけだし……。それにほら、ややだってややややだよ」

何かがイヤなのかというとそういうわけではなく、この友人はややややという名前なのだった。親はもう少し想像力をと理桜は再び思った。

「でもちゃんと言えたね、ややや。偉いよややや」

「そんな……えへへ」

ややや は顔を赤らめながら、大きなお団子が二つ付いた頭をポリポリとかいた。

「やっぱり四年生になってもややややとは親友でいられそうだわ。ありがと、ややや。私、ややややのこと大好きよ」

「えー、あの……えへ。ややも理桜ちゃん好き。あの、今年もよろしくね！」

「うん！　じゃあ帰るから」

「ばいばーい」

ややや は満面の笑みで手を振って理桜を見送った。それから自分の席に戻り、自分の机を見たところで再び顔をくしゃくしゃにしてりばぶだやぁぁあんっと叫び上げた。廊下で絶叫を聞いた理桜はため息を一つ吐いて、滑舌の悪い友人の所に戻った。

「なんなのよいったい」

「聞いて！　聞いてよ理桜ちゃん！　クラス委員でしょ！」

「違うわよ。委員決めは明日じゃない」

「どうせ理桜ちゃんがクラス委員に決まってるもん！　去年も一昨年もその前もそうだったもん！　理桜ちゃんがクラス委員になるのなんて血を見るよりも明らかだもん！」

もちろん理桜も流血してまでクラス委員になりたいとは思わないが、まぁでも多分今年も自分がやることになるんだろうなと思ってはいたし、きっと現実もそうなのだろう。一年から三年までの間、理桜はずっとクラス委員を務めてきた。別に自分からやりたいと言ったことはないが、二年以降は推薦と多数決で何の抵抗もなくスムーズに決まった。どうもクラスメイトからは自分がちょっと大人に見えるらしい。そして自分からもクラスメイトがちょっと子供に見えている。誕生日が早いわけでも無いのにこの差は何だろうと思いつつも、理桜はそれが少しだけ鼻高だった。

「だからクラス委員に決まってる理桜ちゃんがクラスの問題を聞くのは当たり前なんだもん！　自然なんだもん！　エコなんだもん！　エコポイントだって付くんだもん！」

ややや は学年で一番幼い方だなと理桜は思った。

「ポイントは付かないけど話くらい聞いてあげるわよ。どうしたの」

「うぇう……あのね、新しい机に字が彫られてた……」

「そりゃ先輩のお下がりなんだから、そういうこともあるでしょ」

理桜がややや の机の天板に目を落とす。〝いす〟と彫られている。理桜はツボに入って吹き出した。

「笑い事じゃないよっ！　これから毎朝席に座るたび「いすじゃない！」ってつっこまなきゃいけないんだよ⁉　授業中でも目に入るたび「いすじゃない！」ってつっこまなきゃいけないんだよ⁉　今年一年ずっとつっこみ続けなきゃいけないなんて拷問だよ！」

「律儀につっこまなくてもいいじゃない……。無視しなさいよ」

「〝いす〟を見て「いっ、ぐっ……！」って堪える方がもっと拷問だよっ！」

「あのぉ……どうしたの……？」

細身の儚《はかな》げな女子が、小さな声と不安そうな顔で話しかけてきた。それはやはり見慣れた友達、今年も同じクラスの柊子《ひいらぎこ》だった。

柊子は机を見て言った。

「…………」

別に何も言わなかった。

「なんで！　なんでつっこまないの！　ひぃちゃんなんで堪えられるの！」ややや が

驚愕《きょうがく》する。

「え、え、あの、よくわかんなくて……机に見えるけど、いすって書いてあるから実はいすなのかなぁって……」

「いすなわけないじゃん！　机だよ！」

「そうだよね、やっぱり机だよね……なんでいす………あ、もしかして、机にいすって書いてあるのがちょっと楽しいっていう……？」

「やめてぇ！　説明だけはやめてよぉ！」

ややややは机に覆《おお》い被《かぶ》さって泣いた。

「ややややは机につっこみ続ける人生の意味について悩んでるのよ」と理桜。

「あ、そうだよね……ついつっこんじゃうよねこれじゃ……」つっこまなかった柊子がわかったようなことを言った。「そうだ、じゃあこういうのはどうかなぁ」

柊子が理桜に説明する。理桜は言われるがままにロッカーから彫刻刀を持ってきてややややの机を削った。天板の文字が一文字足されて〝すいす〟になった。

「ややちゃんこれならどうかなぁ」

「あ、なんか……〝いす〟だとついつっこんじゃうけど〝すいす〟だと反応し辛いっていうか、意味わかんないからつっこみ辛いっていうか。本当はカタカナなのにあえてひらがなの所も面白いこと彫ろうとして失敗しちゃった感じがするね！　なんか滑ってる！　あれ……？　滑ってる？　ややの机、滑ってる……？」

理桜は大丈夫、滑ってない、滑ってないよとなだめた。その後ごめんと謝った。ややは机に覆い被さって泣いた。

2

先生に言ったらすぐに新しい机に替えてくれたので机にすいす事件は幕を下ろした。明日クラス委員に選ばれたらこんな陰惨でどうでもいい事件の対応に一年中追われるのかと思うと理桜は憂鬱になった（クラス委員になるのはやめようとは思わなかった）。

「災難だったわねー」

職員室で担任の千里子《ちりこ》先生がややを慰めた。三人は去年も千里子先生のクラスだったので、もうお馴染《なじ》みである。

「学年が上がる前に彫っちゃう子が毎年いるのよ。注意はしてるんだけど」

「どうせ男子だよ！」憤るやや。「机彫るなんて子供っぽいこと女子はしないもん！」

「ま、調べれば誰が使ってたかはすぐ判《わか》るから、見つけて叱っておきましょう。でもどうして〝すいす銀行すいす支店〟なんて彫ったのかしら……」

顔を伏せる三人。

「……人間にはやむを得ず進まなければならない時というのもあると思うんです。罪を憎んで人を憎まずということが大切なんじゃないでしょうか。先生、ここは一つ不問に」

「理桜さん大人……。わかりました、貴方達《あなたたち》がそれでいいなら追及はやめましょう」

うんうんと頷《うなず》く三人。

「貴方達も四年生に上がってまた一つ大人になったのねぇ……。生徒の成長が見えると教師という仕事の素晴らしさを実感するわ。これが私の天職なんだって思える……一生続けていきたいわ」

「結婚はしないんですか？」

千里子先生がガタリと立ち上がった。

座った。

「今は考えてないの。毎日仕事で充実しているから。まだまだ貴方達は手がかかりますからねー。別に相手が居ないってわけじゃないけど」

まだ二十代後半なのだからそんなに気にすることないのにと理桜は思うのだが、大人になると子供には解《わか》らない不安が色々あるのかもしれない。触れない方が良《い》いこともある。理桜は人生の先輩を慮《おもんぱか》って言葉を飲み込んだ。

「結婚して仕事もするのは？」

ややや は飲み込まなかった。

千里子先生がガタリと立ち上がった。

座った。

「そうだ、理桜さん。新学期の初日からで悪いんだけどちょっと頼まれてくれない？」

「無視した!!　理桜ちゃん！　先生がややのこと無視した!!」

というややややの抗議も完全に無視した。理桜は大人の揺るぎない精神力に嘆息した。

「頼みってなんですか。めんどくさいことならイヤですよ」

「でもほらクラス委員だし」

「まだクラス委員じゃありません」

「大丈夫。出口調査で当確出てたから」

そんなもん取ってないだろうと心の中でつっこむ理桜。まぁもし取ったなら当確が出るのは間違いないだろうけど。理桜はふぅと子供らしくないため息を吐いた。

「聞くだけ聞きます」

「良かったー。ええとね……」

千里子先生が乱雑な机の上をガサガサと漁《あさ》る。そして中から生徒名簿を発掘した。

「さなかちゃん、って知らないかな。去年は二組で、今年から同じクラスなんだけど」

サナカ？

理桜は首を捻《ひね》った。知らない。いや、クラスが違うとはいえ学年で二組しかないのだから、別のクラスの子も全員知っているはずなのだが。名前も聞いたことがないというのは珍しい。というかおかしい。

「まぁ無理もないんだけど」と先生は名簿を見た。「去年の三学期に転校してきたんだけどね。それから一度も学校にきてないのよ」

「不登校なんですか？」

「ええ。前の学校でもほとんど登校してなかったみたいで……。実は先生もまだ一度しか会ったことないのよ。だから……」

「連れて来いと」

「ううん、無理に連れてきてとは言わないけど……ちょっとおウチまで行って声をかけてみてくれないかなーって……」

超絶めんどくさい仕事であった。

そもそも義務教育なのだから学校にどうしても来させたいなら親なり先生なりが無理矢理連れてくればよいのだ。それを心のケアだのなんだの理由をつけて問題をややこしくするから余計面倒になる。第一そのケアにしたって会ったこともないクラスメイトに様子を見に行かせるというお粗末ぶり。大人の皆さんは自分が心を壊して出社拒否している時に見ず知らずの社員が家に来て元気？　と聞いてきたらどういう気分になるのか想像してみればいいのだ。そんなことを思い、理桜はまた一つ重いため息を吐いた。

「そういうのは先生が行った方がいいんじゃないですか？　私達が行っても逆にプレッシャーになるかもしれないし」

「うん、私もそう思ったんだけどね。実を言うと、親御さんから直接頼まれちゃって……」

「同級生に来てってですか？」

千里子先生は苦笑いして頭を掻《か》いた。

　またまた想像力を働かせてほしいと思う。親は同世代が迎えにくればちょっとは心を開くと思っているのかもしれないし、あわよくば友達でもできればという極めて浅はかな考えで言っているのだろうが、本人にしてみれば前述の通りプレッシャーにしかならない最低の愚策だ。元気なクラスメイトが不登校の子に元気出してねと言うのは単なるいじめである。超行きたくないと理桜は三度目のため息を吐いた。

「お願いよー。こんなこと頼めるの理桜さんしか居ないからっ」

「それはまぁそーでしょうけど……」

　自惚《うぬぼ》れではなく正しい理解としてそう思う。こういう機微を必要とする仕事をこなせるのは学年でも自分くらいのものだろう。

「ああもう……わかりました。一回行くだけで良いですよね」

「ありがと〜。理桜ちゃんならそう言ってくれると思ってた〜。じゃあええと、今日のプリントこれね。あと連絡票の新しいのと、はい地図」

　手際の良いものだった。千里子先生とも四年目なのでお互い手の内が知り尽くされている。まぁやりやすいのは確かなのだけど。

「じゃあ帰りに寄ります。ややややとひぃはどうする？　一人でも良いけど」

「ややも行くよ！」ややややが気合の入った返事をする。「必ずさなかちゃんを立ち直らせてみせる！」

「別に挫折してるとは限らないけど……」

「じゃ、じゃあわたしも行く……」柊子もオドオドと参加した。この子は我というものがあまりない。

「じゃあみんなで行こう」

「お願いねー」

「お願いねーじゃないですよ先生。行く前にもっと情報ください。その名簿のコピーでいいですから」

「生徒資料は部外秘だからダメです。それに何も書いてないわよ？　ご両親の職業くらいしか。そもそも私だって去年の先生から引き継いだばっかりだし……」

「不登校の理由とか書いてないんですか」

理桜は先生の後ろから生徒資料を覗《のぞ》き込《こ》んだ。備考の欄に目をやる。『前学校でも不登校』と簡単に書いてある。

その下の一行に目を止める。

「なんですかそれ？」

理桜が指差して聞く。千里子先生もそれを見て、何かしらねぇ……と首を捻った。

備考欄には『数学者』と書かれていた。

3

「え、こっち？」ややややがキョロキョロしながら言う。「理桜ちゃん道合ってる？」

「合ってるけど」

と言いつつ理桜も半信半疑で周りを見回した。もらった地図の通りに歩いてきたら吉祥寺駅《きちじょうじえき》のすぐ近くまで来てしまったのだ。

制服姿の三人組はデパートの前を通り、アーケードの商店街を通過して、大型電気店まで辿《たど》り着《つ》く。ビルの立ち並ぶ繁華街。駅のそばどころか駅前である。こんなところに家なんてあるんだろうか。

「こっちみたい」

電器店の横から裏道に入る三人。裏道のライブハウスの前には今日出演するアーティストの名前が書かれていた。理桜が聞いたこともないようなバンドだった。

「でもこんなところに家があったらお店とか超近くていいよね！　ややｍｕ《ム》ｍｕ《ム》に毎日行っちゃう！」

「毎日行ったって置いてる服変わらないでしょうに」

冷静に諭したが理桜も服を見るのは好きだ。こんなところに家があったら毎日とは言わずも三日に一回は行くだろう。

「わたしは図書館近いのがいいなぁー……」

柊子に言われて気付くと吉祥寺図書館が目の前にあった。ここは確かに便利だなと思う。

「ひぃは今何読んでるの？」理桜が聞く。

「あ、えっとね」柊子はスクールバッグを漁って本を出した。「これ。『まほうつかいパピューとそらとぶバター』」

「ひらがな多いね……」

開いてみると中もひらがなが多い。パピューのつくったバターは　あれあれ？　どこかにとんでいってしまいました、と書いてある。

「これ一年生向けじゃないの？」

「でも面白いよー。あとこれ。『ジュニアばん　ちゅうしんぐら　まつのろうか』」

「渋いのか若いのかよくわかんないよ、ひぃ………と、ここかな？」

理桜は立ち止まって地図を確認した。

どうやら間違いないようだ。玄関を見る。そしてそのままグーンと上を見上げる。そこは駅から徒歩三分、最近できたばかりでまだピカピカの、二十階建て高層マンションであった。

「すごーい！」ややが大声で感動する。「なにこれなにこれ!? お金持ち!? さなかちゃんちってお金持ち!?」

「ややの家のがお金あるでしょ多分」

確かにこの新築マンションがかなり高いのは間違いないだろうが、それでもマンションはマンションである。吉祥寺近隣に庭付き一戸建てを構えるややの家の方が多分お金持ちだろうなと理桜は分析した。もちろんこのマンションが資産だという可能性もあるけれど。

三人はエントランスに入った。インターホンを鳴らすと女性の平坦《へいたん》な感じの声で返事があり、モーター音と共にオートロックの扉が開いた。

中に入れば廊下もピカピカである。エレベーターに乗って、地図に書いてある通りに20のボタンを押す。最上階だった。ややはエレベーターの上がり始めのグンて感じがちょっとしかない！とはしゃいだ。

「でもさでもさ？こっからなら六小のがちょっと近いよね。なんでさなかちゃんって井の西小なのかな？」

ややや は首を傾《かし》げて聞いた。六小は武蔵野《むさしの》第六小学校、井の西小は三人の通う井《い》の頭《かしら》西小学校の略称である。

「確かに学区は六小だけど。親が井の西小が良いって言ったんじゃない？　井の西のが新しいし、設備も良いし」

と自分で説明しつつも、六小と井の西小で選ぶくらいなら私立にでも入ればいいのに、と理桜は思った。

上がっていく階数表示を眺める。

理桜はさっきの備考欄を思い出していた。

数学者、ってなんだろう。いや数学者自体を知らないわけではないが。なぜ小学生の備考欄に数学者と書いてあるのかが謎だった。海外では飛び級で大学に入るような天才児も居ると聞くが、もしそういう子なら大人しく大学に行けばいいわけで小学校に転校してくる必要がない。武蔵野市では一番設備の良い井の頭西小学校といえど、飛び級するような天才を相手にするにはあまりにも普通の小学校である。

そんなことを考えているうちにチン、という音がしてエレベーターが止まった。三人はエレベーターを降りた。

二十階には短い廊下があり、その先にはドアが一つだけあった。どうやらこのフロアには一部屋しかないようだ。

「ねぇ理桜ちゃん……」

柊子が困った顔で聞いた（柊子は日常の六割くらいを困った顔で過ごしている）。

「なに？」

「さなかちゃんに会ったら、どんな風に話せばいいかなぁ……」

「別に何も話さなくていいよ」

「え？」

「というか、多分出てこないんじゃない？　だって不登校なんだもん。家の人にプリント渡して終わりよ」

「え、でも、それでいいの……？」

「そうだよ！」と二十階の空に響き渡るややや の叫び。「さなかちゃんを説得しなきゃ！　学校に来てって！　オヤゴさんは泣いてるぞって！」

「そんなこと言ったらこの場で親御さんが泣くわよ……。考えてもみなよ。初めて会う私達にそんなこと言われたくらいでホイホイ来ると思う？　もうずっと不登校だって千里子先生も言ってたじゃん」

「でも……」

「そういう無理強いをしないのがお互いに一番良いの。私だって面倒だから言ってるんじゃないよ？　本人のためなんだから」

もちろん半分は面倒だからだが、今言った理由もまた事実ではあった。理桜は不満そうな友人と困ったような友人を従えて、ドア横のインターホンを鳴らした。

『はい』

ドアホンから、先ほどエントランスで聞いたのと同じ女性の声がした。

「すみません、私達、さなかちゃんと同じクラスの者なんですが」

理桜は小学四年生に似つかわしくない言葉遣いで、素性と要件を流れるように説明した。ドアホンの声は、やはり『はい』とだけ言って切れた。

程なくして、扉の向こうに気配がした。

カチャリと鍵が回り、ノブが回り、ドアが開いた。

「あ……」

理桜は無防備に声を出してしまった。

ドアを開けたのは、理桜と同じくらいの背丈の女の子だった。

親が出てくると完全に思い込んでいた理桜はわずかに狼狽《ろうばい》した。だがそこは三年連続クラス委員。理桜は培った状況対処能力を遺憾なく発揮して、すぐさま冷静さを取り戻す。

「あの、さなかちゃん？」

「はい」

少女は頷いた。姉妹などではなく本人のようだ。

さなかは理桜が想像していた人物像とは大分イメージが違っていた。黒髪・ショートカットの少女は、オドオドした様子も鬱屈とした様子もなく、じゃあどんな様子かといえば棒立ちの無表情であった。顔の特徴といえば大きな目だが、それがトロンとした半開きでこちらを見ている。寝ていたのだろうか、と理桜は思った。だが彼女の口がピタリと閉じているのを見て、理桜は少しだけ気を引き締めた（理桜は人物判断基準の一つとして〝何でもないときに口が開いているかどうか〟を見ることにしていた。そして開いている子はバカだと決め込んでいた）。

さりげなく顔から視線を落とす。さなかの服装はと言えば、これは割と地味だった。着ているパーカーにスカートは無地で飾りっけが無く、多分ユニクロとかの量販店で揃《そろ》えたのだろう簡単な格好だ。オシャレが趣味のややなんかと比べるとセンスに格段の差がある。もちろん家にいるせいもあるのだろうが、その点ではちょっと勝ったかなと理桜は無意識に思った。

そんな大筋の分析が終わる頃には、理桜の頭は完璧に冷えていた。自他共に認める学年一の切れ者が、こんな些細《ささい》なアクシデントで一々オロオロしてはいられない。

理桜は自分と後ろ二人の自己紹介を口早に済ませた。

「これ、今日配られたプリント」

「ありがとうございます」

さなかは同級生なのに敬語で礼を言って、無表情のままプリントを受け取った。

さて。

本当なら母親にプリントを渡してサッサと立ち去る予定だったが、そこもまたクラス委員。こうして本人が出てきてしまったからには、社交辞令でも優しい言葉をかけるのが仕事であり大人というものだと理桜は全く正しく理解していた。

「新学期始まったけど……どうかな、さなかちゃん学校来られそう？」

理桜は意識的に心配そうな表情を作って話した。

「あの……私たち、さなかちゃんが心配で様子見に来たの。でも元気そうで良かった。その、無理にとは言わないからさ。一度学校にも来てみたら？　クラス替えもあったばっかりだから、さなかちゃんもすぐ友達ができると思うの。ちょっと考えてみて。

ね？」

さなかのことを心配しつつも彼女に過度のプレッシャーを与えないようにあえてニコリと微笑《ほほえ》む理桜。という演技。美しい仕事ができたと心中で自賛する。クラス委員として非の打ち所のない十全の働きぶりであった。

そんな完璧な理桜の言葉を聞いたさなかは、表情を曇らせながら俯《うつむ》くと「うん……行けたら……行く……」としおらしく答える。

という予定だったのだが。さなかは別に曇りはせずに、今受け取ったプリントを二度ほど折り畳んでから理桜に向けて見せた。折った部分を指差す。理桜は何かと思い、さなかが指差した折り目の部分に顔を近付けて文章を読んだ。

『遠足の持ち物ー汚れてもいい校長先生』

理桜はブッと噴いた。

咄嗟《とっさ》に口元を押さえて顔を背ける。

クラス委員の笑顔は崩壊した。

（こっ……！）

肩を震わせながら必死に笑いを堪える理桜。

（な……この子……！）

理桜は焦った。やばい、予定と違う、早く笑いを止めないと、いやおかしい、こんなはずが、私の完璧なプランが崩れるはずが、と思いながら土で汚れた校長先生を想像してまた噴いた。

「理桜ちゃん？　どーしたの？」ややや後ろから声をかける。

「どうしたんでしょうね」さなかは涼しい顔で言った。「この方が急に笑いだして……」

「なっ！　あっ！　あんた！」理桜は必死で立ち直る。「あんたが、あんたが今プリントで！」

「プリント……」

さなかが再びプリントを見せる。

いつのまにか折り場所が変わっていて『水筒－中身は水か校長先生』になっていた。

「入るかぁぁっ‼」

理桜は。

つっこんだ。

力の限りつっこんだ。

かゆかった背中を力一杯かいたような、巨大なガマ口財布の口金を思いっきりパチンッと閉じたような、心地よくも清々《すがすが》しい達成感に包まれる理桜。そしてそれは初対面の、同い年の女子に、完全に敗北した瞬間であった。

つっこみを終えた理桜は顔を真っ赤にして俯いた。

こぶしを力一杯握りしめ、プルプルと震える。

(おかしい！　こんなのおかしい！　なんで！　なんで私がこんな！)

理桜は必死で状況を理解しようと努めた。非常事態であった。友達の中で、いや学年全員の中でだって、一番頭が切れるのは間違いなく自分のはずだった。自分から見たら同級生なんて子供でしかなかった。いや同級生どころか千里子先生ですらも、ある程度は自分の思い通りにコントロールできるのだ。そんな大人をも翻弄するような三年連続クラス委員の、四年連続クラス委員当確の私が、なぜ、なぜ同い年の女子にいいように弄ばれているのか。

(悔しい！　恥ずかしい！　今すぐにこの場から離れたい！　走って家に帰りたい！)

そんな理桜の心中を察したのか、さなかは言った。

「よろしければどうぞ上がっていってください」

4

さなかの家の中はとても綺麗《きれい》に片付いていた。新築の広々としたリビングにはふかふかの絨毯《じゅうたん》が敷かれ、その上にやはり真新しいソファやテーブルが並んでいる。三人がテーブルの回りに座って待っていると、さなかがトレイにジュースを載せて運んできた。

「さなかちゃん、お母さんは？」ややややが聞く。

「でかけています」

どうやらインターホンに出たのはさなか本人らしかった。喋《しゃべ》り方が大人っぽかったので理桜は母親かと思ったが、こうして聞いてみれば確かにさなかの声だと判る。

ジュースをそれぞれの前に置くと、さなかは三人と向かい合う形で腰を下ろした。

ややややはわーいと早速ジュースに手を付けている。柊子はちっちゃくなってモジモジしていた。さなかとは話さなくても済むと思っていたのに突然家に上げられてしまい、かなり戸惑っているようだ。

そして理桜は、手負いの獣であった。

理桜はあくまでも自然な体を装いながら、心中でダメージの回復に努めていた。先ほどの痛ましい出来事に整理を付けようと必死だった。動揺はそう簡単には静まらない。だがどうやらさなかは動揺したまま相手をできる子ではないようだ。ならば是が非でも気持ちを整えるしかない。理桜はまるで一流アスリートのような精神でセルフマインドコントロールに努めた。それは小学生としてはあまりに特殊でちょっと嫌な技術であり、そのプロ並の技たるや青木《あおき》功《いさお》もかくやというほどであった(理桜の父親はゴルフが好きだった)。

さっきのつっこみは明らかなミスだ。しかしあれが私に致命的な傷《フェイタルダメージ》を負わせることはない。なぜなら私は三年連続クラス委員、四年目も当選確実と目される、クラスで、学年で、最も重要な位置を約束された女子なのだから!(理桜は父親の持っているゴルフ漫画の登場人物の影響をちょっと受けていた)。

「ジュース、ありがとう」

淀《よど》みなく言って、理桜は美しく微笑んだ。左右に座るややややと柊子はあ、立ち直ったと思った。

「いえ、こちらこそプリントを持ってきていただいて。井の頭西小学校からだとここまで来るのは遠かったでしょう。わざわざありがとうございます、ややややさん、柊子さん、理つっこみ桜さん」

「く……っ！」

堪えた。

理桜は堪えた。

場に緊張が走る。ややや柊子にも緊張が走る。とばっちりである。手に汗握るややや。やめてほしいと思う柊子。

「二十階まで上がってきていただいたのも本当にご足労でした。皆さんにはとても感謝しているのです。やややさん、柊子さん、理うっかり八兵衛《はちべえ》さん」

「ぐ……！」

理桜堪える。堪える。コップを力いっぱい握りしめながらも微笑みを崩さない。今にもひび割れてしまいそうなギリギリの笑顔とコップ。まさに薄氷一枚の攻防であった。

「ところで理国鳥のトキさん」

「ニッポニア・ニッポンッ!!」

結局負けた。

理桜は力尽きてテーブルに突っ伏した。

あまりにも、あまりにも高度な駆け引きだった。トキと言えばニッポニア・ニッポン。つっこみからうっかりという音の流れできたのだから、その連想は当然の帰結だった。だが理桜はあくまで冷静で、うっかり八兵衛からニッポニアニッポンへのステップアップはちょっと階段上がり過ぎだろうことも客観的に理解していた。だから左右の二人、ややややと柊子はついてこれていないこともちろん解っていた。

となるとあそこで理桜がつっこまなければ、二人のどちらかが「え、どういうこと？」と質問したに違いない。もしそうなれば、さなか自身が口頭でネタの意味を説明せざるを得ないだろう。それはもう、なんかもう、ダメである。あんまりである。そのあんまりな空気を甘受するか、それとも自らのプライドを犠牲にしてつっこむか、さなかはあの一瞬で、理桜にそんな高度な二択を迫っていたのであった。そして理桜は敗北を選んだ。それは人間として大切な何かを守り通した、名誉の敗北であった。

ややややが首を傾げた。

「え、どういうこと？」

「日本の国鳥でトキという鳥がいるのですが、その学名がニッポニア・ニッポンと言います。つまり今のはつっこみとうっかりとニッポニの音の抑揚をかけた」

「あんまりでしょっ⁉」

　理桜は復活してもう一回つっこんだ。

「さっきから何なのいったい！　私がっ、私がもう色々諦めてわざわざつっこんであげたのに台無しじゃないの！　あんたは何がやりたいのよ！　目的はなんなの⁉　私を苦しめたいの⁉　ハッキリ言いなさいよ！」

「貴方を苦しめたいのです」

「ハッキリ言うなぁ‼」

「り、理桜ちゃん落ち着いて……」なだめる柊子。

「だってひぃ！　この子私のことおちょくってるのよ！」

「すみません」

「認めてるし！　おちょくってるって認めてるし！　本当は謝る気なんて全然無いんでしょ！」

「すみません」

「二回もすみませんて言ったのに謝意が全くない‼」

「理桜ちゃん止まってぇ～……喧嘩《けんか》ダメだよぉ……」半泣きの柊子。

「ちょ、泣かないでよひぃ……そりゃあ私だって喧嘩しに来たわけじゃないけど

「……」

「そうだよ！」ややが勢いよく乗り出す。「喧嘩に来たんじゃないよ理桜ちゃん！ややたち、さなかちゃんに学校に来てもらおうと思って来たんだよね！」

ああ余計なことを、と理桜は顔を顰《しか》めた。

「学校、ですか？」

さなかが無表情のまま首を傾げる。

「……そうよ。あんたが学校に来てないっていうから、先生に言われて様子を見に来たの」

理桜は苦々しく答えた。内心ではもう学校に来ないでほしいとすら思っていたが、そこはまたもクラス委員。不登校の相手に面と向かってそんなことは言えなかった。

理桜はふーと息を吐いて、半分浮いていた腰を下ろした。ちょっと落ち着こうと自分を諭す。

「で……。どうして学校来ないの？　なにか事情でもあるの？」

理桜は割と横柄に聞いた。普段初対面の子と話す時にはもう少し猫をかぶるのだが、もはや今更である。

そしてそれに対するさなかも猫も杓子《しやくし》も被《かぶ》る様子はなく、やはり半分眠ったような目のままで言った。

「事情はありません」

「うん？」

「特に事情はありません」

「じゃあ……なんで来ないの？」

「行く理由もないので……」

さなかは平然と言った。

「いや……理由はあるでしょ。義務教育なんだし」

「義務が課せられているのは知っています。ですが私は学校にあまり意味を感じていないのです。今小学校に行っても得るものが少ないと思っています。義務に背いても行かない方が有意義だと判断して、登校を自主的に取りやめているんです」

「いるんですって……」

理桜は反応に困った。学校に行かなきゃいけないのは当たり前の話なのだが、義務だと知ってるけど行かないと開き直られてしまうと何も言えない。そこに発生する不利益や罰則を自らの裁量で受け入れているのだと、目の前の同学年の少女は主張している。

「そもそも私はもう行かなくてもいいはずなのですが……」

「うん？」首を傾げる理桜。「行かなくていいってどういうことよ。いいはずないでしょ。あんたが言ったんじゃないの、義務だって」

「それについては事情があります」

さなかはスッと立ち上がると、廊下の方を指差して歩き出した。

5

廊下の最初の扉の前で、さなかは立ち止まった。

「私の部屋です」

そう言ってドアノブを回して中に入る。

理桜達三人も、促されるままに後に続いた。

「ゆあっ！」

奇声を上げたのはややだった。残りの二人も面食らってしまって声もない。

さなかの部屋はあまりにも汚かった。それは汚れているという意味での汚いではなく、物が異様に散らかっているという類の、乱雑な汚さであった。

まず目につくのは本だ。厚さもサイズもバラバラの本が、部屋の床とベッドの上、全ての面を覆い尽くしている。こちらではうずたかく積まれ、あちらでは開いたままの状態で打ち捨てられ、まるで床と壁の半分が本でできているようにすら見える。

唯一本が避けられている部分が机の周辺だった。机といっても理桜が家で使っているような学習机ではなく、天板と脚だけの無機質なデザインの机である。机上には威圧的なPCのディスプレイが三台並べられており、机の下にはやはり三台の黒い箱が静かな唸《うな》りを上げていた。そのパソコンの周辺だけは作業をする最低限のスペースが確保されていて、そこから一歩外に出ればまた本の地層が続いている。

理桜は足元に積まれた本のタワーに目をやった。古そうなのもあれば新品のもあるが、とにかく難しそうな本ばかりだった。本屋で見るような漫画や小説は一冊も見当たらない。また別なタワーの本は背表紙が全て外国語で、理桜にはタイトルすら読めなかった。

部屋に入ったさなかは、本の海を無造作に渡り始めた。足の踏み場は無い。だが本人は何も気にせずに本の上をぐちゃぐちゃと歩いている。開いたままの本が無造作に踏まれ、柊子は別に自分の本でも無いのに「あぁ～……」と泣きそうな顔で喘《あえ》いだ。

本の海を渡ってベッドまで辿り着いたさなかは、今度はベッドの上の本を漁り始めた。山の中から十数冊の本を選び出すと、両手で抱えて再び海を渡るさなか。再び喘ぐ柊子。

戻ってきたさなかは、持っていた本をどちゃどちゃと床に落として座り込んだ。三人もつられてしゃがみこむ。

さなかが持ってきたのは何枚かの紙と、たくさんの教科書だった。

理桜が一冊を手に取る。『生物Ⅱ』と書いてある。他も『倫理』『数学Ⅲ』など見慣れぬタイトルで、小学校の教科書でないのは一目瞭然だった。

「……これ、中学の教科書？」

「高校のです」

さなかはさらりと言った。

「日本で足並みを揃えて習う分のカリキュラム、つまり高校までの勉強を、私は全て終えてしまったのです」

さなかはやはりさらりと言った。

理桜は絶句した。

「終わってるって……え？」

理桜は怪訝《けげん》な顔で、今見ていた教科書を見直す。

実を言えば理桜も、四年生ではあったが、中学受験に備えて既に中学一年レベルの勉強に取り組んでいた。いたのだが。目の前の教科書は本当に高校の物らしく、理桜の全く知らないことばかりが書かれている。

ハッと、エレベーターで考えたことを思い出す。

大学に飛び級するような天才児の話。

まさかこの子は、本当に。

「……もしかしてあんた、大学に行ってるとかいうの？」

「いえ」

さなかは言った。

「それも終わりました」

さなかが、持ってきた紙の一枚をつまみ上げる。英語の書面だった。もちろん理桜には読めない。

「イギリスの大学ですが、一昨年数学科に入学して、去年終わりました。こちらが卒業を証明する書面です。在学中に博士号も取りました。籍、という意味では、現在は同じ大学の応用数学研究所に外部研究員という形で在籍しています。つまり平たく言ってしまいますと、私は社会人なんです。肩書きは研究者、数学者です」

理桜は。

さなかの荒唐無稽過ぎる話に置いていかれそうだった。

「その……つまりあんたは……」

「はい」

「小学生でも大学生でもなくて、ていうか学校の生徒じゃなくて……本当に、本物の《数学者》なの？」

「そうなります。数学分野の研究でしたら、研究所に席を構えて通う必要はありません。この部屋でも、私は他の研究員と変わらずに、数学者として遜色なく研究を続けることができるのです」

さなかはやはりさらりと言った。

「……あんた、またからかってるんじゃないでしょうね」

理桜はさなかに疑念の目を向けた。それは当たり前の反応だった。世の中に天才児が居ることは認めるが、自分の生活範囲にほいほい彷徨《うろつ》いているとは思えなかった。

「この教科書も実はお兄ちゃんかお姉ちゃんの本とか……」理桜が一冊をつまみ上げる。

「102ページはメッセンジャーRNAのスプライシング」

さなかはポツリと言った。

理桜は一瞬何の話か解らなかったが、ハッとして自分の持っている本をめくった。102ページを開く。そこには〝ｍＲＮＡのスプライシング〟の一文があった。

「全部覚えてるの!?」

「覚えようと思って覚えているわけではないのですが……別に忘れる必要もないので覚え続けているだけです」

理桜は再び絶句した。自分の持っていた本を再び見る。生物と書かれた教科書だった。見れば理科の内容で、数学とはあまり関係がない。でもさなかは本の内容を暗記していた。

「私は別に数学者になりたいわけではないのです」

さなかは別の教科書を拾いあげて言った。それは現代文と書かれた教科書だった。

「ただ、数学が最初に学びやすい分野だったというだけです。自分の満足がいく所まで数学を理解できたら、また別な分野に手を伸ばしたいと思っています。興味の湧いたことに、別《わ》け隔てなく順番に取り組んでいきたい。それには長い時間が必要です。人の一生という短い時間では足りないような気もしています。ですからあまり無駄なことはしたくない。一度学んだことを繰り返して学ぶ気にはなれないのです。だから過程を終えてしまった小学校には、行く必要を感じませんし、行きたくもないのです」

さなかは現代文の教科書をパタリと閉じた。

「あの、でも……」

ずっと話を聞いていた柊子がオドオドと口を開いた。

「その……さなかちゃんが大学まで出ちゃってるなら、もう小学校には行かなくてもよかったりはしないの？　大学出てても、義務教育って受けなきゃダメなのかなぁ……？」

「それが〝事情〟です」

さなかはさっきとは別な紙をつまみ上げた。やはり英語の書面だった。

「これは特例措置の書面です。柊子さんの言う通り、正規の手続きを踏んで、日本国における小学校の義務を免除してもらうこともできるのです。ですが……私の母が、私に小学校に通ってほしいと言っているのです。無理強いをするわけではないのですが、とりあえず籍だけ置いて、気が向いたら行ってみたらと……。私自身はあまり意味を感じないのですが親の言うことですので邪険にはできません。そういう事情で、この場所に引っ越して来た時も特例措置は使わす、通常の手続きを取って井の頭西小学校に転入したのです。結局一度も登校はしていませんが」

「あー、そっかぁ……。お母さんの希望なんだねぇ……」

柊子とややが得心して頷く。

もちろん理桜も隣でさなかの事情を聞いていた。

聞いてはいたが。

しかしあまり頭に入っていなかった。

理桜の頭は今、別な考え事でいっぱいだった。

(本当にこの子はそんな先まで勉強を……本物の天才児なの……？　本当に？　嘘《うそ》でなく？)

理桜の頭は、未《いま》だに目の前の事実を認められなかった。

(でも天才児なんてそんな………そうよ。本物の天才児なら、もっと良い所に住んで、もっと凄《すご》い場所で研究とかするはずじゃない。なんで吉祥寺に住んで小学校に通うのよ。おかしいわよ。それにほら、さっきの教科書の暗記だって、冷静に考えたらトリックかもしれないじゃない。今持ってきた教科書は二十冊くらいだから……一冊について一カ所ずつ覚えておけば、まるで全部を覚えてるように見せかけることだって……)

と、そこまで考えて。

理桜は気付いた。聡明《そうめい》な理桜は、本当は気付きたくなかったことにも気付いてしまった。

自分は認めたがっていない。

さなかの方が自分より勉強ができるという事実を認めたがっていない。

さなかの方が自分より優秀だという事実を認めたがっていない。

私は、心の奥で、この子に負けていると思っている。

それは理桜が、九年の人生の中で初めて味わう屈辱だった。

「理解していただけたでしょうか」

さなかはそう言うと、持ってきた教科書をベッドに向かってポイポイと投げ込んだ。

ドサドサと乱雑に落下する本。喘ぐ柊子。

「そういう事情で、小学校には転入しましたが登校するつもりはないのです」

「そうなんだー……」

ややややがしょんぼりした顔で言う。

「そうだよね、一回勉強した事もう一回教わってもつまんないもんね。ややもピアノ習ってるけど、またエーデルワイスからやれって言われたらちょっと行きたくないかも……。もう勉強終わっちゃってるなら、さなかちゃんが来ないのもしょうがないのかなぁ……」

「間違ってる!!」

ややややはびっくりした。柊子もびっくりした。

勢いよく立ち上がって叫んだのは理桜であった。

「あんたは間違ってる！　勘違いしてる！」

上からさなかを見下ろして叫ぶ理桜。

「勘違い、ですか？」

「そうよ……勉強ができるのはもう解った。学校の勉強を全部終わってるってのも、数学者をやってるってのも多分本当なんでしょう。でも、解ってない。勉強が終わったら学校が無駄っていうのが間違ってる。絶対間違ってる。だってあんた……」

理桜はさなかをビシリと指差した。

「友達居ないでしょ!!」

「友達……？」

「そうよっ！　いい？　学校ってのはね、勉強だけするところじゃないのよ。クラスのみんなと一緒に生活して、一緒にご飯食べて、一緒に掃除して、そーいう勉強以外のことにこそ大切な意味があるの。つまり……社会勉強なのよ！　あんたはどーせこの部屋で、ずっと一人でカタカタやってるんでしょ！　いい？　世の中にはね、一人じゃ解らない事ってのがたくさんあるのよ！　あんたは社会ってものが解ってない！　友達が一人も居ないんじゃ、いくら勉強ができたって全然ダメなんだから！　どれだけ頭が良くたって、いつまでたっても大人にはなれないんだから！　ずっと子供のまなのよ！　友達の一人もできないうちはね！」

理桜は一気に捲《まく》し立《た》てた。半分以上は考えて喋った言葉ではなく勢いだけで口から出た言葉だった。この子に負けたくない、この子より優位に立たなくてはならないという理桜の本能、理桜の体内に備わっているという特殊な内臓、クラス委員器官の暴走であった。

そんな理桜の魂の演説を聞いたさなかは、少し俯いて中空を見つめている。

「友達……」

さなかは顔を上げて、立っている理桜を見上げた。

「友達が、必要なのですか？」

「そうよっ！」

「なぜ必要なのですか？」

「なっ、なぜって……必要に決まってるでしょ！　人間は一人じゃ生きられないんだから……」

「それはワークシェアリングという観点でですか？」

「そうじゃなくって！」

そこで理桜の言葉は詰まる。そうじゃなくって何なのか、理桜は頭の中で論理立てようと試みたが、上手く説明できずに口を止めた。

繰り返しになるが、三年連続クラス委員の理桜は、間違いなく頭の良い子だった。だから彼女はさなかの質問の意味を正確に把握していた。さなかが求めているのは、親が語るような優しさに溢《あふ》れた答えでも、教師が語るような道徳に溢れた答えでもない。

〝友達の必要性〟

友達は本当に必要なのか、必要でないのか、そういう本質的で、あまりにも単純な二択の答えをさなかは求めていた。

なぜ友達が必要なのか。

何のために必要なのか。

いやそもそも。

「友達とはなんですか？」

さなかの質問が宙に放たれた。

それはさなかと理桜、二人の間に生まれた問題の核心だった。

「それは……」

理桜はその時、九年間の短い人生の中で一番頭を巡らせた。

そして今の自分の出せる可能な限りの答えを、飾らずに、素直に、言葉に変えていった。

「…………正直に言えば、私にだって友達が何かなんて説明できない。できないけど……でも私は思う。友達は絶対必要なの。だって考えてみてよ。大人も、子供も、みんな友達がたくさん居るでしょう？　中にはあんたみたいに友達が居ない子も居るんだろうけど、でも大多数は、一人でも二人でも友達が居る。数えたわけじゃないけど絶対そうだと思う。だから、式じゃなくて答えが先に来ちゃうけど、友達って必要なんだよ。なにか必要な理由があるから、みんな自然と友達を作るんだよ。私は……そう思う。…………私だって！　全然論理的じゃないって解ってるけど……」

「いいえ」

さなかは、半分閉じた目で理桜を真《ま》っ直《す》ぐに見上げていた。

理桜は恥ずかしくて目を逸《そ》らしそうになるのを、強い気持ちで堪えた。

「貴方の意見はとても科学的でした」

「科学的？」

「そうです。確かにこの世界には、友達と称される関係が多数存在している。それは間違いなく事実です。現象論的には十分理解できる。ではその裏に理由が存在するのか。友達はなぜ必要なのか。友達とは何なのか。私も、貴方も、それを説明できる言葉をまだ持っていない。私達は、友達とは何なのかをまだ知らない」

　さなかが立ち上がる。

　理桜から視線を外すと、よそ見をするように首を捻って、なにもない空間をじっと見つめる。

「興味が出てきました」

　理桜は。

　嫌な予感がした。

「ややややさん」

「うんっ？」

「こちらのお二人とは友達ですか？」

「へ？　もちろん！　理桜ちゃんもひぃちゃんも親友だよ！」

「いつからの？」

「え。えーとー、一年から、だよね？」

ややややが聞くと柊子がうんと頷く。「一年の時に同じクラスになってからだよね」

「同じクラスというのは重要ですか？」

「え、う、うん……。やっぱり隣のクラスよりは仲良くなりやすいと思う……。席とかも近い方がいいし……」

「なるほど、距離……」

少し考えるような仕草を見せた後、さなかは理桜に向いて、微笑んだ。

さなかの初めての笑みを見た理桜は。

もう嫌な予感しかしなかった。

「明日から、学校に行きます」

理桜は。

この少女と友達にならないで済む方法を必死で考えていた。

Ⅱ. Passion fruit

1

朝の職員室では、千里子先生がコーヒーを飲みながらノートPCでニュースを見ていた。ズシャアという音がするのは過度な力でマウスのホイールを回しているためだろう。多分芸能人の結婚の記事を見ているなと理桜は思った。

「え？　さなかちゃん来るって？」

理桜が昨日のあらましを説明すると、先生は目を丸くして驚いた。

「先生が様子を見てこいって言ったんじゃないですか……。なんで学校に来るってなると驚くんです」

「やー、まさか来るとは思ってなくて……。あの後、去年の先生に聞いたのよ。そうしたら大学まで出てる天才児だっていう話じゃない？　だから来ないのもしょうがないのかしらねぇって」

「そういう事は行く前に調べておいてください……」

ジト目で抗議する理桜。昨日はその事前情報がないまま甘い目算で行ってしまって結局酷《ひど》い目にあった。千里子先生には被害額の賠償を求めたい。

「ゴメンゴメン。それにしても、そんな難しい子よく説得できたわねぇ理桜さん。さすが理桜さん。今年も頼りにさせてもらっちゃお」

「……まぁこれくらいは何でもありませんけど」

評価を受けて機嫌を持ち直す理桜。「ちゃん」と「さん」を使い分ける辺り、先生もよく解っている。ああ、いいように使われているなぁと頭で理解しつつも、気分が良くなってしまうのはしょうがない。

「でもちゃんと馴染めるかしらね、さなかちゃん。理桜さんから見てどう?」

「馴染めないでしょう」

「そっかぁ……ええと隣の席は、榎木薗《えのきぞの》君ね」

榎木薗君はクラスで一番大人しい女子の柊子に匹敵するほど大人しい男子である。背が低く顔も綺麗なので、制服を交換したらきっと女子にしか見えないだろうと思われる。

「じゃあ大丈夫じゃないですか？　喧嘩はまず無いでしょうし」

「そうね。でも仲良くなれるかどうかはまた別だから……さなかちゃんがもし浮いてるみたいだったらフォローしてあげてね理桜さん。なんなら友達に」

絶対にイヤだった。

2

クラスに戻るとややや と柊子が来ていたが、さなかの姿はなかった。

ねぇねぇ理桜ちゃん、とややややが声をかけてくる。

「さなかちゃん来るかなぁ」

「来るって言ったんだから来るでしょ。あんまり来てほしくないけど」

「え！　なんでなんで！　せっかく友達になったのに！」

「なってないなってない……」

「なったよね、ひぃちゃん！」

柊子は困り顔でどうかなぁ……と答えた。

「むぅ、ひぃちゃんまで……。さなかちゃんとは席離れちゃってるんだから、ややたちが遊びに行かないとソエンになっちゃうよ！」

それが救いだと理桜は思った。理桜の席はクラスの一番後ろで、ややや と柊子もその周りにいる。しかしさなかの席は一番前、教卓の正面である。ややや の言う通り、前までわざわざ行かなければ疎遠《そえん》を決め込む事ができるだろう。

とその時。教室前側の扉がガラリと開いた。

（やっぱり来たか……）

当然、さなかであった。

さなかは、不登校から復帰した初日とは思えないほど平然と扉を開けて、平然と教室に入ってきた。前の方の生徒数人が、見覚えのない女子の登場にちょっとだけざわついている。

理桜は教室の後ろからさなかを観察する。昨日と同じく眠そうな半開きの目。髪もそのままで、学校に来るからといってオシャレをしたような様子はない。転校してから初めて着るであろう新品の制服だけが真新しく輝いている。

「さなかちゃん来た！」

と飛び出そうとするややや の裾を理桜が引っ張って止める。

「な！　なんで止めるの理桜ちゃん！　離してぇ！」

「もう朝の会始まるわよ」

「後二分あるじゃん！　さなかちゃんに挨拶しなきゃ！」

「ややや、社会のプリントやったの？」

「やった！　…………ない……」

「やったないなら今やんなさい」

ぐぬー……と呻《うめ》いて席に戻るややや。ひぃちゃんプリント借りるね！　と勝手に柊子の机に手を突っ込む。抵抗を見せる柊子だが、いつも通り蹂躙《じゅうりん》されるだろう。

後ろからさなかの後頭部を眺める理桜。

理桜は、別にさなかをクラスで孤立させようとしているわけではない。ややの性格を考えれば今止めても次は止められないだろうし、そもそもクラス内に孤立が発生するなど、クラス委員（まだなってないけど）としても不本意だ。

しかし小学生の付き合いというのは、大人以上に繊細で過敏である。

まずはさなかがクラスでどのように振舞うのかを見極めなければならない。自分の動きはそれから決める。対応の基本は後の先。理桜は三年のクラス委員経験からそれを知っていた。とりあえず朝の会と一時間目の間はじっくりと出方を見させていただこう。

と思った瞬間、突然さなかが振り返り、理桜と目が合った。

さなかはそのまま二秒ほど見て、何の反応も見せずにまた前を向く。

理桜はイラッとした。観察を決め込むと自分で決めたくせに、無視されるとそれはそれで腹立たしい。勝手なものだった。

ほどなく千里子先生がやってきて、朝の会が始まった。まずさなかが軽く紹介される。と言ってもまだ新学期二日目なので、新人であるさなかもポジション的には他の生徒とあまり変わらなかった。さなか本人は「よろしくお願いします」とだけ言った。

朝の会が終わり、千里子先生は一時間目の社会で使う地図を取りに職員室に戻る。授業の前の僅かな自由時間。

そこに少し動きがあった。隣の席の榎木薗君である。

理桜は後ろから様子を窺う。榎木薗君は最初チラチラとさなかの方を見ていたが、しばらくモジモジしてから、意を決して話しかけた。後ろから見ていても仕草が一々可愛《かわい》らしい。マンガだったら小さな汗の記号がたくさん飛んでいそうな、小動物系の男子である。

何を話しているのかは理桜の席までは聞こえない。だがまぁ内容は予想できる。素直で優しい榎木薗君は、来たばっかりのさなかに善意で話しかけているのだろうから、多分「よろしくね」とか「わからないことがあったら聞いてね」とかそういう無難な話題だろう。

さなかの方はといえば相槌《あいづち》を打っているだけだった。はい、はい、しか言っていないようだ。毎度の無表情である。

そんな短い会話が終わり、榎木薗君は笑顔で前を向き直った。さなかの方は、会話が終わっても榎木薗君の横顔を見ていた。榎木薗君はそれが気になるようで、時折チラリとさなかの顔を窺っていた。そのうちに千里子先生が戻り、一時間目が始まった。始まったのだが。

さなかは、授業が始まっても隣の榎木薗くんを凝視していた。

榎木薗君はチラッとさなかを見る。まだ見てる。チラッと見る。まだ見てる。見ている事を隠そうともしない。首を九〇度に曲げてじっと見ている。ガン見である。気の弱い榎木薗君は理桜から見てもはっきり判るほどに萎縮していた。

「あの、さなかちゃん」

千里子先生が見かねて声をかける。

「横見てちゃダメよ。授業中ですからね」

「はい」

と返事をしたさなかだったが、授業が再開するとまた何事もなかったかのように榎木薗君観察を再開した。ビクビクとしていた榎木薗君はもはやプルプルと震え始めている。

そうこうしているうちに教室全体がざわつき始める。さなかと榎木薗君の席は教卓の正面。さなかの奇妙な行動はクラス中からよく見えた。どうしたの、なんで見てるの、というヒソヒソ話がそこかしこから立ちのぼる。

するとさなかは、突然後ろを向いて別な生徒を見た。

ちょうど話していたその生徒はギョッとして止まる。クラスのヒソヒソ話もピタリと止まる。いやな緊張感が教室に漂った。続いてさなかはぐるりと反対を向いて、また別な生徒を見た。さらに身体《からだ》ごと向いて斜め後ろの生徒を見遣《みや》る。そして首を伸ばして後ろの方が見えないなという仕草をすると、とうとう椅子を引いて立ち上がり、教室最後列の生徒までもじっと見始めたのだった。

「あの……さなかちゃん」

千里子先生も生徒同様に困惑している。

「ええとね…………授業中に、クラスのみんなを見てはダメよ」

「はい」

再び注意され、さなかは席に着いた。

それから一時間。さなかはもう立ち上がることこそなかったが、結局隣の榎木薗君をずっと凝視し続けていた。見られ続けた榎木薗君はプリンの生霊に乗り移られたようにプルプルと震え続けた。


鐘が鳴り、長かった一時間目が終わる。終わったのにさなかはまだ榎木薗君を見ている。精神が汚染されそうな榎木薗君は千里子先生に泣きついた。理桜はああ、あのイベントに関わりたくないと思いながら、義務感と使命感に押されて事件現場に向かった。

「なにやってんのよあんたは……」

呆《あき》れた声をかける理桜。

「いえ……こちらの榎木薗さんに、よろしくねと言っていただいたので、私も是非よろしくしたいと思ったのですが、私はまだよろしくするということにあまりにも無知だったので、まずは榎木薗さんを見てよろしくとはどういうことなのかを勉強させていただこうかと」

理桜は首を振った。最初の一時間でこれである。

「あのね、さなかちゃん。授業中はきちんと先生の話を聞かないと。先に進んだ時に解らなくなっちゃうわよ?」

千里子先生は足に半泣きの榎木薗君をへばりつけたまま、さなかを諭した。

「先生、その説得は無駄です」

「え? あ。ああー」

理桜に言われて、千里子先生も気付いた。さなかはもう中高のカリキュラムを終えて、それどころか大学までも卒業している。そんなさなかに勉強が解らなくなるというのはあまり意味を成さない話だった。さなかは多分、先生よりも勉強ができるのだから。

千里子先生は困り顔で腕を組んだ。

「うーん……こういう場合どうしたら良いのかな……。さなかちゃんがそんなに進んでるなら、もう小学校の普通の課程じゃ対応しきれないわよねぇ。それこそ海外の学校で飛び級でもするしか……ってそれはもうしたのよね。ええと、そうなるとー」

「先生」

口を開いたのはさなかだった。

「失礼になるかもしれませんが、私はこの井の頭西小学校に学問的な勉強をしにきたのではないのです」

「え？」

「私はこの学校に、社会勉強をするためにきたのです。人を見て、人と触れ合って、人を理解するそのために、同世代の人達が集まる小学校という場所に通い始めたのです。ですから私は同級生から、可能な限りの事を学びたいと思っています。できれば授業の間も、クラスメイトの皆さんから多くを見取っていきたいのですが」

「うーん……その姿勢はとても素晴らしいと思うんだけど……。でもみんなの勉強の邪魔になることはちょっとねぇ」

「ええ。私もクラスメイトの勉強を妨害するのは本意ではありません。ですが皆さんの生活から学びたいという想《おも》いも強い。そこでこういう方法はどうでしょうか。私の席を列の一番後ろに変更していただいて……」

「却下!!」

さなかの言葉尻を弾くように、理桜が机をバシィンと叩《たた》いて叫ぶ。

「却下!!　却下!!」

「なぜですか」

「それは……！」

さなかが隣に来るのが死ぬほどイヤだからである。

「でも理桜さん、いいアイデアじゃない？」千里子先生が空気を読まずに言った。

「後ろの席だったらさなかちゃんもずっと前を向いてられるから、それなら授業の妨げにはならないんじゃないかな。それに理桜さんとも近くなるし。まだ新学期始まったばっかりだから席替えするなら今よ」

千里子先生の足元で榎木薗君がウンウン！と首肯した。理桜はクラスメイトを殺意を持ってにらみつけた。榎木薗くんはまたプリンを降霊させた。

「待ってください先生！　席替えはよくないです！」

「あら、どうして？」

「いいですか！　社会勉強がしたいんだったら、クジで決められたこの席こそがまさに社会なんですよ！　問題が発生してもこの場所で対処すべきです！　会社に入ってから上司の隣はヤダって席替えできますか？　そんな逃げるような方法を子供のうちに覚えたらロクな大人になりませんよ！　席はこのまま！　席替え以外の解決法を模索すべきです！」

理桜の体内に備わっているというクラス委員器官は今日も素晴らしい働きでもっと

もらしい言い分を合成した。

「確かに理桜さんの言うことも一理あるわねぇ」

足元でイヤイヤと首を振る榎木薗君に殺意の波動を送る理桜。

「よし、じゃあもうちょっとこの席で頑張ってみようかさなかちゃん。少し様子を見て、やっぱり無理そうなら席替えも考えるってことで」

千里子先生のジャッジが下る。理桜はどうっ！　という気分でさなかを見遣った。

するとさなかは。

「わかりました」

意外にもスンナリと受け入れた。理桜はちょっと拍子抜けした。

(屁理屈《へりくつ》で対抗してくると思ったけど……まぁいいわ。とりあえず重篤な危機は去った……)

理桜はご機嫌で自分の席に凱旋《がいせん》した。榎木薗君は転校ってどうやればいいんだろうと思いながら絶望の椅子に着いた。

二時間目が始まってすぐに、さなかはバッグから缶のペンケースを取り出した。

フタに『ブライダルフェア』の文字が並び、ウエディングドレスのイラストが描かれたそのペンケースは、本体が少し曲がってしまっているらしく、フタを開閉するたびにケッコン、ケッコンという音が教卓前に響いた。

三時間目が始まる時には、さなかの席は列の一番後ろになっていた。

理桜が頭を抱えて机に突っ伏していると、隣の席からノートを折り畳んだ手紙が飛んできた。開く。『よろしくだにゃー』と書いてある。理桜はそれをビリビリに破いて振りかぶってさなかに投げつけて先生に怒られた。

3

「はい、さよならー」

千里子先生の声と共に生徒達がガヤガヤと話し始め、散り散りに教室を後にする。長い一日の終わりだった。

理桜はぐったりしていた。五時間目のホームルームで晴れて四年連続のクラス委員を襲名したにも拘《かか》わらず、その心中には暗雲と霧と荒波がセットで渦巻いていた。固い椅子の背もたれにだらーんと寄りかかって天井を仰ぐ。このクラスは荒れる。理桜の三年間のキャリアが的確な未来像をもたらしていた。

った。

声をかけてきたのは、これから一年間隣同士で過ごすことになった諸悪の根元であった。

「大丈夫ですか」

「……おかげさまでね」

「お疲れのようですね。元気を出してください。これを差し上げますから」

さなかが紙片をくれる。セロテープでゴワゴワしたそれを開く。『よろしくだにゃー』と書いてある。理桜はそれを持って職員室に行きシュレッダーにかけて教室に戻った。

戻ってくるとややややと柊子がさなかと話していた。

「ねねね、学校どう？」とややや。

「新鮮です」さなかは周りで雑談するクラスメイトたちを眺めながら言った。「実際に来てみて初めて解ることがたくさんありました。システムとしての優位性も理解できます。それと同じくらい無意味な部分もたくさんありますが」

「で。友達はできそうなわけ？」

理桜が自分の席に戻って足を組んだ。

「何言ってるの理桜ちゃん。ややたちもう友達でしょ？」

「違うわよ」

「違わないよ！　友達だもん！」

「いや、ややや は別に友達でいいんじゃない？　私は違うけど」

「むぅー！　じゃあひぃちゃんは？」

「え、え？」

「ひぃちゃんはさなかちゃんと友達？　友達じゃない？」ややや は酷い質問を投げかけた。

「え、えぇー……」狼狽《うろた》える柊子。「そんな……友達とか友達じゃないとか言えないよぉ……」

「じゃあどっちに近いかだったら！」

追い詰められた柊子がややや と理桜の顔を順番に見回す。

「え、ええぇ……それは……友達……で、でもえぇと……ともだち……とも……とむ……」

「とむ？　ひぃちゃんとむ？　とむなの？」

「ち、ちがうよぉ……」

「なるほど」さなかは机を漁って手帳を取り出すと、白紙のページを開いてメモを付けた。

　ややさん　―　友達
　理桜さん　―　友達じゃない
　柊子さん　―　トム

「やだよぉ！　トムはやだよぉ！」

「この結果を見る限り、皆さんは友達の定義について、少なくともご自身の中には明確な基準をお持ちのように思います」

「さなかちゃん！　目を！　目を合わせてよぉ！　トムはいやだよぉ！」

「ややさんはなぜ私を友達だと思うのですか？」

「え？　だって昨日会って、今日も話したし。もう友達かなーって」

　両手で顔を覆いすすり泣く柊子。

「ふむ……。理桜さんはなぜ私を友達ではないと？」

「あんたが鬼だからよ」すすり泣く柊子を慰める理桜。

「ではトムさんは」

「もう名前がトムになってるよぉ！　友達か友達じゃないか関係なくトムになってる！　トムは、トムはやだよぉ！」

「ひぃをいじめるのやめてよ……」

「まずは定義ですね」

さなかは話を全く聞いてない風に自分の鞄《かばん》を取った。

「さなかちゃん、どこ行くの？」やややが聞く。

「図書館に行こうと思います。最初は既知の情報に当たるのが順当な道筋でしょう。私が知りたいことが既に文献に載っているかもしれません」

「うぅ……図書館行くの……？」柊子が鼻をすすりながら言う。「図書館ならわたしもちょっと行きたいかも……。パピューの新しいの借りたいし……どこの図書館？」

「普段は吉祥寺ですが、今日は中央図書館を使ってみます」

「あ、あそこ良いよね。広いし綺麗だし本いっぱいあるし……わたしも好き」柊子ににわかに笑顔が戻る。

「図書館かぁ……あんまり遊べないからなぁ」やややがむぅと唸った。「あ、でも中央図書館てＩＮＯ《あいえぬおー》あったっけ？」

「えっと、どうだったかなぁ……」柊子が首を傾げる。

「ややや……まだアレやってるんだ……」理桜は怪訝な顔をした。

ＩＮＯ《アイエヌオー》とは井の頭西小学校の専門用語である。

井の頭西小学校にも数多《あまた》の小学校と同じく伝統的な怪談話が存在する。この学校ではそんな七不思議的な話を総称して『井の頭の秘密』と呼ばれていて、ＩＮＯとはその頭三文字を取った略称であった。

しかしこのＩＮＯがよくある七不思議と違うのは、数がやたらと多いことである。その範囲は井の西小の校内に留まらず吉祥寺全域にまで及び、現在確認されているだけで八一個のＩＮＯが存在する。その上内容が更新制でちょくちょく入れ替わるので、全体の把握には専門の人材が必要となる。こうして三年前に結成されたのが、井の頭西小学校の有志による団体『井の頭秘密探偵団』だ（学校公認クラブ）。探偵団のたゆまぬ努力によって、他の生徒は壁新聞を見るだけで現在のＩＮＯ一覧を確認することができるようになった。井の西小の生徒は放課後になると壁新聞を確認し、探偵団で配布しているリストを片手に、まだ見ぬＩＮＯを求めて吉祥寺の街をさまよい歩くのである（主に低学年が）。

「もう四年なんだからやめない？」理桜は冷めた目で言った。

「やめないよ！　やっと半分まで来たんだもん！」

ややややが机から自分のリストを取り出して見せた。リストには〝笑い魚屋〟〝口裂けゾウ〟などの項目がズラリと並んでいる。このリストも定期的に更新はされるのだが、細かい入れ替わりは各自が鉛筆で訂正しなければいけないので全部埋まる前に大抵ぐちゃぐちゃになる。ややややのリストもかなり汚くなっていた。

「うん、確か中央図書館にも一個あったと思うよ。ほらこれ」柊子がややややのリストを指差した。

「じゃあややも行く！　急がないと全部回り切る前に卒業しちゃうもん」

「ややちゃん、もう半分行ってるんだね……。わたしまだ一八個しか行ってないんだ……」

柊子も自分のリストを取り出して眺めた。理桜はかなり前から子供っぽい遊びはやめようと二人に訴え続けていたが、実際に子供なので理桜の意見には説得力が薄かった。

「ＩＮＯというのは何ですか」さなかが聞いた。

「あ、そうか。さなかちゃんはまだ知らないよね。図書館行く前に教えてあげるよ。探偵団に寄ってリストももらっていこ？」

ややが言いながら鞄を取る。柊子も自分の鞄を持って後に続いた。

「あ、ちょ……」理桜が声を出した時には、すでに三人とも教室を出ようとしていた。

「理桜ちゃん、はやくいこー？」

「…………行くけど」

さなかが嫌いだから自分は帰る、なんていう子供っぽい抵抗を示すには、理桜の精神は大人になり過ぎていた。

4

武蔵野市立中央図書館は地上四階地下二階の立派な建物だ。市内の図書館では最も広く、また蔵書量も多い（と言っても、市内の図書館は中央と吉祥寺の二つしかないのだが）。地下部分は駐車場と書庫になっていて、図書館としての利用スペースは一階から三階までとなっている。

四人は入り口の自動ドアをくぐった。一階には雑誌・児童書・ＡＶ資料のコーナーが広がっている。ちょうど今児童書のフェアをやっているらしく、入り口横の展示棚には有名な絵本などがいくつか並べられていた。柊子はまほうつかいパピューシリーズに飛びついたが、お目当ての巻が貸出中でガクリと項垂《うなだ》れる。ややややはＩＮＯ調べてくる！と叫んで二階に走っていった。

理桜たちも二階に上がる。二階は各種一般書の書棚がズラリと並んでいた。またフェア中の児童書の一部が二階にもはみ出している。柊子はパピューを再び探したが新刊はやはり無く、もう一度項垂れた。

「文献て、いったいどんな本を探すわけ？」

理桜が閲覧席に荷物を置きながら、さなかに聞いた。

「今持ってきます」

そう言って、さなかはスルスルと歩き出した。目当ての本がもう決まっているらしい。待っていると一分もしないうちに大荷物を抱えてヨロヨロと戻ってきた。分厚い本をドン、ドン、と閲覧席に積み上げる。

「辞書じゃない」

「辞書ですよ」

それは全部国語辞典だった。

「……辞書で【友達】を引くわけ？」

「そうです。定義を調べると言ったでしょう」

「それにしても一冊でいいんじゃ」

「複数冊引けば意味の平均が取れます」

意味の平均というのの意味が理桜にはよく解らなかったが、さなかが一冊回してきたのでしょうがなく一緒に引いた。数冊の辞書の【友達】のページが開かれた。

とも‐だち【友達】親しく交わっている人。とも。友人。朋友《ほうゆう》。元来複数にいうが、現在は一人の場合にも用いる。

とも‐だち【友達】互いに心を許し合って、対等に交わっている人。一緒に遊んだりしゃべったりする人。友人。朋友。友。

とも‐だち【友達】一緒に勉強したり仕事をしたり遊んだりして、親しく交わる人。友人。友。朋友。

とも‐だち【友達】志や行動などをいっしょにして、いつも親しく交わっている人々。単数にも用いる。友人。友。

「大体同じじゃないの」

「大体同じですね」

理桜は不毛な気持ちになった。

しかしさなかは別に不毛な気持ちにはなっていないらしく、ふむと考えながら一行を指差した。

「ほぼ同じ文章で共通しているのが〝親しく交わること〟ですね。ただ交わるだけではダメなようです。親しく交わる。理桜さん。親しいとはなんですか」

「仲がいいってことでしょ」

「仲がいいとは？」

「だから、〝仲〟ってのは人と人の関係のことだから、その関係がいいってことよ」

「関係がいい……」

さなかは不思議そうな顔をした。というか理桜も自分で何を言ってるのかよく解らなかったので、しょうがなくもう一度辞書を引いた。

したしーい【親しい】互いにうち解けて仲がよい。

理桜は不毛な気持ちになった。辞書というのはこんなにも役に立たない物だっただろうか。

だがさなかがその検索結果を再び指差す。

「〝互いに〟の言葉は友達の項にもあります。お互い、つまり二人の人間の両方からのアプローチで友達という関係は完成している、ということですね」

「当たり前じゃない。片方が嫌ってたら友達じゃないもの。だから私とあんたは友達じゃないのよ」

「二人の当事者の意志の合致によって成立するもの……つまり友達とは一種の〝契約〟なのでしょうか」

「その言葉のセレクトはちょっと……」

「なにか間違いがありましたか？」

「いや、上手く言えないけど……ニュアンスが間違ってる」

さなかはふむ、と柊子に目を向けた。

柊子はえぇと……と考えてから話す。

「わたしも違うと思う……。なんていうか……契約って言っちゃうと「友達になりましょう」ってお互いに確認して約束する感じがするから……」

「そうですね。契約というのは意思を表示し合い、それが合致したときに結ばれるものですから。それではダメだと？」

「う、うん……。わたしも上手くは言えないんだけど……友達って、自分から友達になろうとしたらもうダメな気がするの……自然になるものなんじゃないかな……」

「自然発生的なものでないといけない？」さなかは再び辞書に目を落とす。「しかしそんなことは書いていませんが」

「う、うん……わたしがそう思うだけかもだけど……」

「でも私もそう思うよ」と理桜。「この子と友達になろう、って思ったこともなくはないけどさ。そういう場合ってやっぱり長続きしないっていうか、深い友達になれないんだよね。自分から始めたってのを覚えちゃってるからかなぁ。逆にひぃとかややややとか今仲良くしてる友達なんて、最初はクラスが一緒で席が近かったたって程度の関係だったたし。この子と仲良くしよう、なんて全然思ってなかった。でも自然と友達になって、もう三年も一緒に遊んでる。そういうの考えると自然発生って重要なポイントだと思う」

さなかは半分閉じた目のまま考え始めた。

「辞書には一切の記述がない。しかしサンプル二検体が100%の割合で自然発生の重要性を訴えている……」

「クラスメイトをサンプル呼ばわりしないでよ……」

「まぁやってみればわかることですね」

さなかは見ていた辞書をパタンと閉じた。

「では私は、今から貴方がたと友達になろうと考えながら、一緒に勉強したり仕事をしたり遊んだり行動を共にしていきたいと思います。お二人ともよろしくお願いします」

「なっ」理桜は顔を歪《ゆが》めた。

「え、えええ……？」柊子が普段よりもさらに困り顔になる。

「何がよろしくよ！　あんたとなんか友達になりたくないってば！」

「ええ、わかっています。それで構いません。むしろ都合が良いのです。私の見る限りでは、ややややさんは私と積極的に友達になりたいと思ってくれています。柊子さんはまだ意志を決めかねている。そして理桜さんはなぜか私を親の仇《かたき》の如《ごと》く毛嫌いしています」

「なぜかって言うな」

「非常に明確に分かれた三人の方に、私は友達になりたいという気持ちを持って接していきましょう。すると私は誰と友達になれるのか。それとも貴方達の言うように、〝友達になりたい〟と考えながらアプローチしたのでは真の友達には成り得ないのか。その辺りの疑問に、この実験はきっと答えてくれるでしょう」

「だからクラスメイトを実験に使わないで！　私はそんなもん付き合わないからね！」

「そう毛嫌いせずに。互いに心を許しあっていこうじゃありませんか」

「イ・ヤ！」

「許し合わないと貴方を許しませんよ」

「あんた言ってること矛盾してない⁉」

理桜のつっこみが閲覧席に響き渡り、隣に座るおじいちゃんが悲しそうに眉をひそめた。この席は公務員を四〇年勤め上げ、定年後は好きな本を読みながらのんびり余生を楽しもうと決めたおじいちゃんの楽園だったのだが、現在かなりの速度で崩壊しつつあった。

「りざうあぢゃああん」

楽園は限界であった。

「どうしたのよややや」

「INOみつかんないよぉ……」

「ええ……場所、っていうか本のタイトル判ってるんでしょ？　なんで見つからないの」

「ごめん、やや図書館の使い方よく知らないから……」

「四年にもなって……じゃあタイトル教えてよ」

ややや が携帯を取り出して、学校で撮ってきた写真を表示した。『井の頭秘密探偵団』の壁新聞を撮影した写真である。配布のチェックリストには各ＩＮＯのナンバーとタイトルしか載っていないが、探偵団本部の掲示にはその細かい内容まで記載されている。

「ええとね、ＩＮＯ その72 【アメリカの本】」

「漠然とし過ぎてる……」

「ううん、これは本のタイトルじゃなくて。全部読むね」

やややは写真の文章を読み上げた。

【アメリカの本】 ＩＮＯ その72 ＩＮＯ登録日三月一日

武蔵野市立中央図書館の二階に置いてある『大日本大国語大辞典』全十三巻は、いつも六巻だけが抜けている。なぜなら六巻にはアメリカがひた隠しにする国家機密が暗号で書かれており、それを狙うＣＩＡの手によって密《ひそ》かに回収されたからなのだ。

「だって」

「ややや。良い？ それは嘘よ」

「嘘じゃないもん！　秘密探偵団の調査の結果だもん！」

なぜそんな小学生集団の調査結果を鵜呑《うの》みにできるのだろうかと同じ小学生の理桜は不思議に思う。

「ではとりあえず現場に行きましょう。これも戻さないといけませんし」

さなかがそう言って、辞書の山を持って立ち上がった。理桜たち三人もそれに追随する。おじいちゃんのエデンはギリギリのところで守られた。

件《くだん》の本を探すと、すぐに見つかった。

「あ！　ほんとにない！」

ややや指差して叫ぶ。『大日本大国語大辞典』は本当に六巻だけが抜けており、五巻と七巻の間には一冊分の空白が残されていた。

「ていうかこの本、国語辞典のくせにタイトルの日本語がすでにおかしくない？」

「理桜ちゃん！　今そこは重要じゃないでしょ！　本当に本が無いんだから！　アメリカのCNNが持っていったんだよ！」

「それは何かの取材よややや。てか、誰か使ってるだけでしょ今」

「で、でも！　たまたま偶然タイミングよく六巻だけ使ってるの？　カクリツ的に変だよ！」

「うーん……だったら誰かが借りてずっと延滞してるとか」

「でも……」と背表紙を指差す柊子。「禁帯出だよ、この本……」

ぬ、と理桜が呻く。手詰まりになった。

「検索しましょうか」そう言ってさなかがスルスルと歩き出す。三人もついていく。なんだかさなかがリーダーシップを取っているようで理桜はちょっと不愉快だった。

一階の検索機で調べると、『大日本大国語大辞典－六巻』は［在庫◎・閉架］となっていた。

「これってなに？」ややが画面を見ながら聞く。

「閉架。倉庫にあるってことよ」と理桜。「でもなんで一冊だけ閉架なんだろ。ちょっと変ね」

さなかはふむ、と少し考えてから［印刷］のボタンをクリックして書籍情報を印刷した。それを持って、また一人でスルスルとカウンターに向かった。

「この本をお願いします」

さなかがカウンターに印刷した紙を差し出す。司書のお姉さんが奥に入っていったが、十秒と経《た》たずに戻ってきた。持ってきた『大日本大国語大辞典』の六巻をさなかに渡す。四人はそれを持って二階の閲覧席に戻った。おじいちゃんがひぃと呻いた。

「この中にアメリカの秘密が……ッ！」わなわなと興奮するややや。

「回収されてないんだから秘密は載ってないんでしょうが。百歩譲って載ってたとしても暗号なんでしょ？　国語辞典に暗号混ぜられたら正直見つけられないわよ」

「いえ、見つかるかもしれません」

と言って、さなかは辞典の真ん中辺りを開いた。理桜は「あ」と声を上げてしまう。さなかが開いた部分は紙の色が違っていた。触ってみれば紙質も違う。辞書の真ん中の数ページが、コピー用紙のような紙に変わっていた。

「ここだよ！　ここにアメリカの秘密が書いてあったんだよ！　ＣＥＯに持っていかれたんだ！」

「どこの経営責任者よ……」

「でもなんでここだけコピーに差し替えられてるかなぁ……」柊子が不思議そうに見る。

「こういう本はたまにあります」

言ってさなかは辞書の最初のページを開いた。すると［図書館　注］としてメッセージが貼り付けられていた。

［図書館　注］この本は内容の一部が破損したため、前版のコピーで修復されています。

「あー……そっかぁ、直してあるんだね、この本」柊子が頷いた。

「破損って切り取られたってこと？」ややや が聞く。「じゃあやっぱりアメリカが？・」

「切り取りの場合もありますが、水分をこぼしたり、事故でたまたま破れた可能性もあるでしょう。切り取りとは断言できません」

「ぬぬぅ〜……」

「なるほどね」と理桜も頷く。「これでＩＮＯの秘密は解明じゃない？　辞書が何かの事故で破損して、それの修復のために一時的にしまってあった。で、しばらく抜けてたから井の西小の生徒にＩＮＯ認定されたのよ。それなら一冊だけ閉架だったのも説明つくしね」

「あ、アメリカは……？」

「来てないの。アメリカは来てないのよややや」

「おのれアメリカー！」ややや はやり場のない怒りを叫び上げた。おじいちゃんは達観した目で窓の外を見た。図書館の外はとても静かで、まるで楽園であった。

理桜がコピーのページをつまむ。

「幽霊の正体見たりなんとやらというか。ＩＮＯもネタが割れるとつまんないもんね。これなら謎のままのが楽しかったかな……って、聞いてるのあんた」

理桜が声をかけると、そっぽを向いていたさなかが顔を向けた。

「先ほどの本棚」

「うん？」

「一冊分のスペースがありましたね」

「当たり前じゃない。一冊抜けてんだから」

「しかしスペースが長期間あると何かの拍子で本が詰まってしまうかもしれませんし、利用者が別な本を戻してしまうかもしれません。ブックエンドや代木を入れておいた方が良いと思います。ＩＮＯの登録日は三月一日。今はもう四月ですから、一ヶ月も空きっぱなしだったことになります」

「そうねぇ。結構管理がずさんなのね、この図書館」

「あとこの本」さなかが先ほどの［図書館 注］をもう一度開ける。「修復日が三月五日になってますすね」

「え、そうなの？」

理桜も見る。確かに三月五日と書いてある。

「だったらなんで棚に戻さないのよ……………いや、ちょっとまって」

理桜が目を細めた。

口に手を当てて、何かを考え始める。

「え、え、どゆこと？」

ややや が柊子に聞くが、柊子も首を捻っている。

理桜はぶつぶつと呟《つぶや》き始めた。

「本の修復が一ヶ月前に終わってるのに戻してなかったのはサボってたから？　いやでも、さっきカウンターで借りた時、すぐに出てきたわ。書庫は地下のはずなのにすぐ出てきたってことは、一階に置いてあったんだ。すぐ出せる状態だったんだ。でももう直ってるんだから、カウンター裏に置いておくくらいならさっさと本棚に戻せばいいのに。戻さない理由は…………そうか、逆だ」

理桜は何かを見つけたように目を開いた。

「本が無いっていうＩＮＯなんじゃなくて、ＩＮＯになったから本を戻さなかったんだ。多分、辞書の所に井の西小の子がちょくちょく来るのに気付いて、図書館の人が理由を聞いてみた。それで一冊抜けてる事がＩＮＯになっているのを知って、修復が終わった後も本をわざと戻さずにおいた……。ブックエンドや代木を置かなかったのは、そっちの方が〝本が無い感じ〟が際立つから？　そうやって演出しておけば噂《うわさ》が盛り上がって子供ももっといっぱい来るし…………って、図書館に子供が大勢来たら迷惑なんじゃ――」

さなかが理桜の肩をトントンと叩く。

すぐそばの書棚を指差した。

『児童書フェア』の文字が、まほうつかいパピューの切り絵と共に飛んでいた。

5

図書館を出るともう夕方になっていた。図書館前の大きな木が、夕日でオレンジ色に染め上げられている。

理桜はカウンターに本を返した時、司書のお姉さんに「本棚に戻さないんですか」と聞いた。司書のお姉さんは、ちょっとこの本にアメリカの秘密がね、と言ってニコリと笑った。

「ややINO解明したの初めて！」

帰り道を歩きながら、ややや は嬉《うれ》しそうにはしゃいだ。

「解明したのはさなかちゃんと理桜ちゃんなんじゃ……」柊子が控えめに言う。

「そうだけど！　やっぱり四人だよ！　四人の力が合わさってこそだよ！」

「そ、そうかなぁ……わたし何もしてないけど……でもやっぱり理桜ちゃんすごいね。わたし全然わからなかったよー」

「…………まぁね」

「四三個！」

ややや が持っていたリストにチェックを入れる。

「あ、あたしも書きたい……。ややちゃんあたしにもペン貸して？」

そんなやりとりをしている二人から少し引いたところを、理桜とさなかは並んで歩いている。

理桜は前の二人に聞こえないように、小さい声でさなかに話しかけた。

「ねぇ」

「はい」

半分閉じた目を向けてくるさなか。

その目に見つめられて、理桜は言葉を詰まらせた。

理桜はさっきＩＮＯの推理をした。そして謎を解き明かした。だがそれは全てさなかに誘導されての推理だったように感じているし、実際そうなのだろう。

理桜は今、さなかに勝ちを譲ってもらったような、不当な借りを作ってしまったような気分だった。だから何かを言わなければいけないと思った。しかし何を言えばいいのかはよく判らなかった。

理桜は数秒考えてから。

「……なんで？」

と、一言だけ聞いた。

だがさなかは。その一言だけで意味を十全に解したようだった。

「理桜さんに貸しを作っておくと、今後学校に通う上で何かと便利かと思ったからです」

さなかはやはり平然と言った。

理桜はカッと興奮するのを自分で感じた。歯噛みして口を一文字に結ぶ。単純な事だった。さなかは本当に貸しを作ろうとして推理の良い所を譲っただけなのだった。

もちろんこれは具体的な貸し借りではなく、書面を交わしあうようなきちんとした借金でもない。だが理桜が借りと思い、さなかが貸しと思っている。それだけで充分であり、それが全てであった。

理桜は何かを言い返そうした。

しかし言い返せることは何もなかった。

だから理桜は、小学生とは思えないような冷静さで、興奮した感情を理性で抑えつけて、一言だけ言った。

「……近いうちに返すわよ」

理桜は少し歩を早める。

さなかはその後ろから小走りで付いてくる。

このクラスは荒れる。

もはやそれは予感でも予想でもなく、決定付けられた運命だった。

「理桜さん」

「なによ」

「利率ですが」

「ゼロ!!　ゼロ金利!!」

Ⅲ. Percussion flaking

1

春の過ごしやすい陽気が続く五月の半ば。

クラスの窓の外には爽やかな日差しが降り注いでいる。

そしてそれを徹夜三日目のアニメーターのような目で眺める少女がいた。


理桜は疲れていた。

さなかが学校に来るようになってから一ヶ月半。予想通り、さなかは問題を起こし続けていた。

それらの問題は、一つ一つを取ってみればそこまで大きなものではなかった。大抵はまずさなかの奇行があり、それによって迷惑を被ったクラスメイトからの苦情が理桜に届くか、もしくは榎木薗君が転校を考えるか程度の問題である（さなかと席が離れた後も、なぜか榎木薗君は被害に遭う確率が高かった）。だから、個々の問題の処理はそれほど難しいことではない。

しかしそれぞれが小さな問題とはいえ、数が余りにもかさむとそれは大きな問題になる。苦情は日に二、三件のペースで届き続けており、加えて理桜には通常のクラス委員の仕事もある。この一月半、理桜はまさに忙殺と呼ぶに相応《ふさわ》しい量の仕事をこなしていた。

「理桜ちゃん大丈夫ー……？」

一緒に給食を食べていた柊子が声をかける。

「なによ、ひぃ……そんなに心配しないでよ。全然大丈夫だってば。それで苦情は？苦情はどこ？　苦情……」

「理桜ちゃん、苦情来てない、今日はまだ苦情来てないよ」柊子が虚《うつ》ろな目をした理桜の手を握る。末期だった。

理桜は頭を振って、給食の牛乳を呷《あお》った。

「あぁ疲れる……」

「ごめんね理桜ちゃん……」柊子がしょんぼりする。「わたしもややちゃんもあんまり理桜ちゃんのお手伝いできなくて……」

「や、別にいいのよひぃ。苦情の処理は私の仕事なんだから。悪いのはあの子。悪の権化はたった一人よ」

「う、うん……でもさ、さなかちゃんも別に悪気があってやってるわけじゃないから……」

それはまぁ理桜にも解っていた。さなかの奇行は別に人に迷惑をかけようと思っての行為ではなく、単に人のことを全く考えてないだけの行為が大半だ。非常識ではあるが悪意は無い。それがまたやっかいなのだが。

「みんなふぐ怒るよねぇ。さなかちゃんてふぉんなに変？」ややややがぶどうパンを食べながら言った。

「普通は怒るもんなの。こないだだって「給食を食べるところを観察させてください」とか言い出すし。あんなの気分悪くならない方がおかしいのよ」

「そっかなぁ。ややは見せてあげたよ？　人に見られてると思うとついカッコよく食べちゃうよね」

「カッコよくってどんなよ」

ややややはミネストローネを一口食べてから「シェフを呼んでちょうだい！」と叫ん

だ。来なかった。

「でも今日は大丈夫だね」と柊子。「さなかちゃんお休みだもん」

「そうねぇ」理桜はさなかの席を見遣った。今日は朝から来ていない。

理桜がギリギリのところで正気を保てている理由の一つは、さなかが休みがちなことだった。さなかは二日か三日学校に来ては一日休む。千里子先生に聞いたが病欠というわけではなさそうなので単なるサボリなのだろうが。それでも休肝日ならぬ休さなか日があるのは救いだった。さなかと毎日顔を合わせていたら精神が崩壊する。理桜は牛乳を飲みながら心と体を休ませた。

「理桜さん⁉　理桜さん居らっしゃいます⁉」

教室の入り口で誰かが叫んだ。見れば二組のクラス委員の姫華《ひめか》が凄い剣幕で立っている。その後ろで見切れたさなかがヒラヒラと手を振った。理桜の精神は崩壊した。

2

貴方が一組の責任者でしょう！　ちゃんと管理してくださいません⁉　仕事がずさんなんです！　それでよく四年もクラス委員やってこられましたわねぇ‼　まったく

一組さんはなんて民度が低いのかしらぁ!!　と言いたい放題言って姫華は二組に帰った。理桜はその間こぶしを握りしめてプルプルと堪えた。さなかは牛乳をすすって、やはり一組の牛乳は格別ですねと言った。理桜は引っぱたいた。

「あんた今日休みじゃなかったの!?」

「違います。朝から二組に居ただけです」

さなかは叩かれた所をさすりながら説明する。

「この一ヶ月半で一組の方は大体解りましたから他のクラスに手を広げてみたのです。教室の後ろの席を借りて、二組でいつも通りにクラス中を観察していました。千里子先生の許可も取ったのですが」

「なんでそんな許可がおりんのよ……」

「花粉症のふりをしてくしゃみを連発していたら、簡単に許可してくれました」

「どんなふうに」

さなかはゼクシィとくしゃみした。理桜はため息を吐いた。

「それで結局二組のみんなに切れられて追い返されたってわけね……。ああもぅあんた後ろから見てただけじゃなくて、他にも色々やったんじゃないの？」

「いえ特に」

「信用ならない……」

「怒ったのは姫華さんだけでしたが」

「ほんとでしょうね。姫華のヤツかなり切れてたじゃん。あの子だってもう委員二年目だし、普段は結構冷静なのよ？ やっぱりあんた何かやったんでしょ」

さなかはフルフルと首を振った。

「これは……裏があるね！」

ややや（や）は目をキラリと輝かせると、食べ終わった給食のトレイをバタバタと片付けてバタバタと二組に向かった。

しばらくしてややや（や）が匍匐《ほふく》前進で帰ってきた。

「服汚れるよぉややちゃん……」柊子が自分の服のように心配する。

「わかったよ！　理由がわかったよ！」

ややや（や）は自分の席に戻ると手招きのポーズをした。理桜と柊子が顔を寄せる。

「聞いて、聞いて」と小声で話すややや。「原因は高浜《たかはま》くんだったんだよ」

「高浜がどうかしたの？」理桜もつられて小声で聞き返す。

高浜くんとはジャニーズジュニアのような美貌と爽やかさで学年一の人気を誇る男

子である。女子からは『殿下』『イノプリ』の愛称で讃《たた》えられ、男子からは『カメハメ』のあだ名で親しまれている（プリンスつながり）。

「あのね、あのね、高浜くんがね」

ややや は顔を赤らめて笑った。

「さなかちゃんのことちょっと可愛いって言ったんだってー！」

「えぇ……？」

理桜は怪訝な顔をした。

さなかを見る。

ガチャピンのような目で牛乳をすすっている。

「……これを可愛いって言ったの？」

「言ったらしいよ！　言ったらしいよ！　きゃああああ！」もう小声はやめたらしいややや。

「あーでもそれで合点《がてん》がいったわ……」理桜は椅子にもたれた。「姫華は高浜のこと好きだもんね。そりゃあ切れもするわ……」

「私は何も悪くないと解っていただけましたか」

「いやあんたの罪状は厳然として存在するから。しかし……この麻酔に失敗したみたいな顔のどこが良いのかしら……」

「えー、さなかちゃん可愛いよぉ……」柊子が反論した。「でも、もうちょっと目をパッチリした方が絶対可愛いと思う」

「まぁそうね。私も別に可愛くないとは言わないけど。むしろ整ってると思うし。だからやっぱりその眠そうな目がいけないのよ。もったいないわよあんた」

「別に眠くはないのですが」

「じゃあなんでいつも半目なの」

「これが最もエネルギー効率の良い瞼《まぶた》のポジションだからです。これ以上開けても得られる情報の量は変わりませんし。ならば開いてもＡＴＰのロスにしかなりません」

さなかは確固たる信念を持って目をトロンとさせているのだと訴えた。

「いや問題はあんたが見えてる見えてないじゃなくてね……。外からの見た目を気にしたらって話なの。ほら、前髪も先月から伸ばしっぱなしじゃん」

さなかの髪は四月からそのまま伸びていた。前髪はすでに目の半分くらいまでかかってしまっている。

「気になってきたらハサミで適当に切っていますが」

「女子力低い……」

「でも美容院もお金かかるしねぇ……」柊子が頬杖《ほおづえ》を突く。「あ、そうだ……じゃあさ……」

3

翌日の朝。さなかの机の上に、ややややが大量に持ってきたカチューシャ、バレッタ、リボンなどがズラリと並んだ。

「色々髪型変えてみようよ」柊子がリボンを選びながら言う。「美容院に行かなくても、結んでみたりすると結構印象変わると思うよ」

ややややはさなかの髪を櫛《くし》で梳《す》いている。

「綺麗なストレートだー。いいなぁ……やや伸びると巻いてきちゃうから……。さなかちゃんは伸ばさないの？」

「あまり伸ばすと前が見えなくなりますから」

「適度って言葉を知らないのあんたは」理桜がつっこむ。「さて、とりあえずこの前髪を何とかしたいわね。やっぱこれが目にかかってるのが重いんだって。こうやって左右に分けちゃったらどう？」

理桜はさなかの前髪を手で左右に分けた。

さなかの目が半分よりちょっと閉じた。

「何よその顔」

「眩《まぶ》しいのですが……」

「夜行性動物か……」

「じゃあまずこのバレッタから！」

ややややがデニムのバレッタをさなかに着けて可愛い！　と叫ぶ。それから三人はヘアアクセサリを片っぱしからさなかに試した。

一五分の試行錯誤の結果、水玉の付いた黒いカチューシャで前髪を留めるというシンプルなヘアメイクに落ち着いた。

「やっぱり目を出した方が絶対可愛いよさなかちゃん」柊子が満足そうに微笑む。

「目付きは変わってないけどね……」と理桜。「ま、それでも大分見映えるようになったわよ」

「光量が多い……」さなかは呻いた。

「ちっとは我慢しなさい。せっかく可愛くしてあげたんだから」

「可愛いということには、どういう意味があるのですか」

「可愛いってのはそれだけで一つの価値なの。可愛いだけで許される場面てのが世の中には結構あるのよ。あんたが可愛くなれば多少の奇行も許されるはずだから、結果私のとこにくる苦情も減るわけ。わかったら我慢して今日一日それで居なさい」

さなかは六分閉じの目のまま頷いた。

「では私は今日も二組へ行ってきます」

「はいはい。どこへなりとどうぞ」

理桜は手をヒラヒラさせてさなかを送り出した。あれ？　と引っ掛かる。私、何か間違ってる？　と理桜は思った。

昨日の五割増しの剣幕の姫華に八割増しの罵声を浴びせられて理桜がプルプルするのはその二時間後のことであった。

4

「そうよね……可愛くして送り出してどうすんのよね……」

教室移動の準備をしながら、理桜はどんよりする。

「姫華ちゃん、怒りながらちょっと泣いてたよね……」柊子がしょんぼりと言う。

「ねぇさなかちゃん。もしかして高浜くんと何か話した？」

「高浜くんは私が横を通った時に「あ、髪上げたんだ！　そっちのが良いじゃん！　今度からそれにしなよ！」と爽やかに仰《おつしや》いましたね」

「それはちょっとまずいねぇ……」柊子は力無く笑った。

「ややも反省……」

ややが項垂れる。

「だってやや知ってるんだ。姫華ちゃんてば、二年生の時からずっと高浜くんのこと好きなんだよ。姫華ちゃんは誰にもバレてないって思ってるけど。ていうか高浜くんには実際バレてないけど」

「男子は動物みたいなもんだからねぇ。直接言ってやんないと絶対わかんないわよ。でも姫華も姫華よ。さっさと言えばいいのに。勝算は充分だと思うけどな」

「そんな簡単には言えないよぉ……」柊子が弱々しく反論する。

「でもひぃだって思わない？　姫華が告白したら高浜なんてコロっといくでしょう」

「うん、そう思うけど……でも、解ってても、簡単には言えないよ……」

「まぁ……ね」

理桜は頷く。自分で言っておいてなんだが、言葉では簡単でも気持ちが割り切れないことはいくらでもあるし、理桜自身にもそういう経験はある。理屈ではない。人間て結構不自由よねぇと、理桜は大人びた感想を漏らした。

それは、そんな人間の不自由さが起こしてしまった事件だった。


四人は書道セットを入れたバッグを持って特別教室に向かった。特別教室は最上階にあるので階段を使う。途中に踊り場を挟む、くの字形の階段の下まで来たところで、階上からの話し声が聞こえた。

「うわ、姫華がいる……」

理桜は嫌そうに呻いた。まだ見えないが、くの字の階段の上から姫華の声が聞こえる。二組の書道は前の時間なので、上にいるのは当然ではあった。

「私、西階段使おうかな……」姫華を切れさせたのはほんの一時間前だった。さすがにまだ顔を合わせ辛い。

「あ、そうだね……」柊子が事情を察する。「さなかちゃんも西階段の方に行く?」

「私は別に平気ですが」

「あんたの神経が時々羨ましいわ……じゃあ上でね」

理桜が踵《きびす》を返《かえ》し、さなか達三人は階段を昇り始めた。

そこで理桜は立ち止まった。それは本当に、なんとなくだった。何か、とても些細な予感を感じて、立ち止まって振り返った。

階段を上がり始めた三人が見えた。

左に柊子。真ん中にさなか。右にややや。

そして上。

さなかの真上。

さなかに向かって真っ直ぐに落ちてくる、赤い、四角い、書道バッグ。

「さなかっ!!」

理桜は叫んだ。叫ぶしかできなかった。距離がある。何もできない。声しか届けられない。

ドカッ、という音がした。

さなかと柊子が階段に尻餅をついている。

その横で。

やややが倒れていた。

頭に書道バッグが当たったやややは、階段にうつ伏せに倒れ込んでいた。動かない。

理桜が駆け寄る。柊子がややちゃん！ ややちゃん！ と必死で呼びかける。

さなかは、口を薄く開けて、倒れたややをじっと見ていた。

そして踊り場では。

上の階から駆け下りてきた姫華が、真っ青な顔で震えていた。

5

結論から言えば。

ややは大事には至らなかった。

保健室に運ばれたややは一時間ほどで目を覚ました。頭には大きなこぶができていたが、それ以外には大した怪我《けが》は見当たらなかった。ベッドのややはこぶを自分で触ってのたうち回った。理桜たちは胸をなで下ろした。

姫華はぼろぼろと泣きながら謝り続けた。

ごめんなさい、ごめんなさいと、肩を震わせながら泣いた。

ややは簡単に許した。理桜たちも姫華を責めようとは思わなかった。理桜もややも柊子も、姫華が書道バックを落としてしまった理由と、その気持ちも解り過ぎて、泣き崩れる姫華をさらに責めることなどできなかった。叱るのは二組の先生に任せて、理桜たちは許す方に回ろうと決めた。

そしてさなかは。

最初に標的にされてしまったさなかは。

ずっと、何かを考えていた。

姫華の謝罪も涙もまるで興味がないとでもいうかのように、半開きの目で宙を見つめながら、ずっと何かを考え続けていた。

6

理桜とさなかと柊子の三人で井の頭通りを下校する。ややや《ややや》は迎えに来た母親と一緒に、念のため病院に行っている。

帰り道の間もさなかは何も言わずに、ずっと何かを考え続けていた。

「ねぇ」

理桜が声をかけると、さなかはやっと顔を上げた。

「はい」

「あんたさ、バカなこと考えてるんじゃないでしょうね」

「バカなことと言いますと」

「復讐《ふくしゅう》とか……仕返しとかよ」

理桜は不安そうに聞いた。

「姫華にお返しなんてバカな真似《まね》は絶対にやめてよね？　そりゃあ最初に狙われたあんたにはもちろん怒る権利があるけど……。でも実際に怪我したややややだって許してるんだし、この件はもう良いんじゃないの？」

理桜は姫華を庇《かば》っていた。

確かに姫華のしたことは悪い。それ自体に弁明の余地はない。でも、姫華の気持ちも解るのだ。恋をしたことがあるならば、きっと誰にでも解るのだ。思い余って悪いと解っていることをやってしまう時だってある。さなかにもそれを解ってほしいと理桜は思った。きっとこの子には理解し辛い類の話なのかもしれないけれど。

「私は復讐など考えてはいません」

「あれ？」

理桜は拍子抜けした。

「じゃあ……さなかちゃん、さっきから何考えてるの？」柊子が聞いた。

「ややややさんのことです」

　さなかは再び目線を落として話し始めた。

「あの時、落ちてきた書道バッグにいち早く気付いたややややさんは、私と柊子さんを突き飛ばしました。結果、私に当たるはずだったバッグはややややさんに当たった」

「うん」

「書道バッグは外側は柔らかいとはいえ、中には文鎮や硯《すずり》などの重い物も入っています。つまり当たり所が悪ければ大事に至る可能性もありました。当然ややややさんだってそれは知っていたはずです。なのにややややさんは、私を助けた。下手をすれば、命に関わる危険もあったのに、私を助けた」

　さなかは顔を上げた。

「なぜ？」

「なぜって……」

　柊子は、オドオドしながら答えた。

「友達だからだよぉ……」

　さなかがピクリと反応する。

「これも？」さなかは柊子に聞いた。「これも、友達だから？」

「う、うん……。あの……いつもじゃないとは思うけど、友達が危なかったら多分みんな助けると思うよ……？　さっきのややちゃんも、自分の命が危ないとかあんまり考えてなかったと思うし……。咄嗟に助けちゃうよきっと。友達なんだもん……」

さなかは理桜の方を向いた。

理桜はうん、と頷く。

「ひぃの言う通り。そういうもんなのよ。ややはもうあんたのことすっかり友達だと思ってるしね」

「そうですか……」

さなかはまた虚空を見つめて、式を修正しなくては……と小さく呟いた。

「あ、そういえば……」柊子が何かを思い出す。「理桜ちゃん、さっきの階段で」

「うん」

「さなかちゃんのこと、初めて名前で呼んでたよね」

「え、呼んだ？」

理桜は思い出せない。呼んだような気もするが、あの時は咄嗟だったので全く覚えていない。

「ええ。さなかと言いました」さなかも認める。

「まぁ……呼んだかもね」

「さなか………」

さなかは自分の名前を繰り返した。

理桜はなぜだかわからないがもの凄く恥ずかしくなって顔を赤くした。

「呼んだから何なのよ！　あんたさなかでしょ！　さなかって名前なんだからさなかって呼ぶわよ！　悪い⁉」

「いいえ。悪くはありません……」

さなかは、なんだか照れくさそうに微笑んで言った。

「私も理桜さんのことを眼鏡を取ったら実は美少女・コズミッククラス委員リリカルリザクラと呼んでもいいですか？」

「いつだ‼　いつ私が眼鏡をかけたっ‼　言ってみろ‼」

「ふふっ……内緒！」

「あんたきもいわよ⁉」

Ⅳ. Potential fee

1

眼鏡を取ったら実は美少女・コズミッククラス委員リリカルリザクラの呼称がクラスで定着するというあまりにも痛ましい事件の傷跡が段々と薄らいできた六月下旬。

「お泊まり会だね！」

いつも通り、ベクトルのハッキリしたややや の叫びと共にその会話は始まった。

教室を掃除中の三人が手を止める。

「なんでそう急なのよややや は……」

「そろそろ私たちもお泊まり会をしてもいい友達レベルに達した！　たった今そう思ったんだよリリ、あ、ちが、ゴメ」

リリカルリザクラのリリカルローキックがややや のふくらはぎを叩く。たとえ親友といえどもその名を口にしたからには容赦なく蹴る。それがコズミッククラス委員鉄の掟《おきて》である。

「お泊まり会かぁ……なんか久しぶりだね」ややが床でのたうち回るのにももう慣れてしまった柊子がのどかに言った。

「お泊まり会とはなんですか？」さなかがやはりいつもの半開きの目で聞く。「みんなで宿泊するのは判るのですが、宿泊して何をするのでしょうか」

「とっ、ま、って！」痛みを抑え込み立ち上がるややや。「泊まってっ……語りあうんだよっ！」

「何をですか」

「えっとね、まずシシュンキの悩みでしょ。それはショーライのこととか。ややたちはこれからどー生きるべきかってことをみんなで相談するの」

「シシュンキの悩み……それはどこにいけば手に入りますか」

「いや、無理して用意するもんじゃないから」理桜がつっこむ。

「でも欲しいのです」

「あんたには無理よ。多分思春期の素質がないもの」

「そんなことはありません。こう見えても小さな頃は、十で思春期十五で反抗期二十過ぎれば只《ただ》の人《ひと》と謳《うた》われたものです」

「最初から只の人過ぎる……」

「ね、いつやる？　今日？　今日やる？」とややや。

「急だって言ってるのに。まぁでも金曜だし、別に今日でもいいけどね。あと私の家はダメだから」

「あれ？　理桜ちゃんちダメなの？　去年は大丈夫だったのに」

「いや二人くらいならいいけど、三人はちょっと狭いもの。…………どうせあんたも来るんでしょ？」

「行きます」

「ほら。だからダメ」

「理桜さん」

「なによ」

「今の「どうせあんたも来るんでしょ？」は、「あ、ヤバイ、三人て言っちゃった。勘違いしないでよ。私はまだあんたのこと友達とは認めてないけど、まぁお泊まり会となったら来たがるだろうから、しょうがなく数に入れて考えてあげてるんだからね」というツンデレ的立ち位置を表明した発言ということでいいですか」

リリカルリザクラのリリカル化学モップが放たれたが、さなかが避けたために後ろのややややに直撃した。後半クール用の強烈な必殺技に悶絶《もんぜつ》するややや。もう慣れている柊子。

「とにかくうちはダメ！　三人の家のどこかにして！」

「さなかちゃんちは？」柊子が聞く。

「私の部屋は以前にご覧になったような感じですが」

「あぁー……そっかぁ……」

「ややの家でいいんじゃない？　広いし。どう？　ややや」

床に大の字に倒れ込んでいるややや が、最後の力を振り絞って指で○を作った。

「じゃあややの家に決まり。どうすればいい？」

「ええとねぇ……」おでこをさすりながら起き上がるややや。「ややは戻って片付けしなきゃだから。その間にみんなはパジャマとか用意して？　で、ややの方の準備が終わったらみんなにメール……あ、そうか、さなかちゃんケータイないんだっけ……」

「こういう時不便よねぇ。あんたも買ってくれって頼んでみたら？」

理桜がそう言うと、さなかはわざとらしく口角を上げた。

「なによその顔……あ、まさか」

さなかが机にかけてある自分のバッグを漁る。

取り出したのはピカピカのケータイだった。

「あーっ！　さなかちゃん買ってもらったの!?」

「昨日買ってもらいました」

「へぇー、良かったじゃない。ねぇ見せて見せて？」

理桜が携帯を借りる。真新しいデザインのそれは店頭に並んだばかりの最新機種だ。

ピンクの色合いがとても可愛い。

「しかしあんたはピンクが似合わないわね……」

「似合いませんか」

「そんなことないよ！　ややは似合うと思う！」

「ふむ……」さなかは手帳を取り出してメモを取った。

ややさん　―　ピンクが似合うと思う
理桜さん　―　ピンクは似合わないと思う
柊子さん　―　トム
「言ってないよっ!?　わたし何も言ってないよっ!?　トムでもないよっ!?」

「ピンクは賛否両論ですね。今後の参考にします」

「あ、あの、わたしは似合うと思うなぁ……」

「すみません、トムの意見はちょっと……」

すすり泣く柊子。

「だからひぃをいじめるのやめてよ……あれ？」理桜が携帯の画面を見て言う。「これ、なんかメニューが少なくない？」

「母にジュニアモードに設定されてしまいました。一部機能はロックされていて使えないのです」

「あんたんちってなにげに過保護よねぇ。あんなでっかいパソコン買い与えておいて今更こどもモードも無いと思うんだけど」

「さなかちゃんアドレスちょーだーい」

ややややが携帯を出して通信ポートを近付けた。理桜も自分の携帯を取り出す。「別に交換しなくてもいいんだけど、いざって時に不便だからね」と言いそうになったが、言ったらもう終わりな気がしたので堪えた。堪えたのだがさなかがわかったような顔で微笑んだので、リリカル机にかけてあった体育館シューズ袋を使わざるを得なかった。最終回用の究極技の前にややややは滅びた。来週から始まるコズミッククラス委員リリカルリザクラマドンナリリーをお楽しみに。

2

吉祥寺本町《ほんちょう》の住宅街の一角にややややの家はある。

祖父の代から吉祥寺に住んでいるというややや宅はかなり広い。整然とした石壁と大きな木に囲まれた庭、車三台が入るガレージを備えたややや邸《てい》は「庭付き一戸建て」と簡単に表現してはいけないようなレベルの豪邸である。

お泊まりセットを用意してきた理桜たちが大きな門の呼び鈴を鳴らす。ほどなくややが庭を走って現れた。その後ろから黒く巨大な犬が突進してきてややや に激突した。ややややは滅びた（第二シーズン完）。

「この動物は……」さなかが少し引き気味に聞いた。犬の方もさなかにちょっと警戒している。

「ややんちの犬だよ。サーモン」

カナダの犬だから、とややややは説明した。サーモンは五、六〇キロはありそうな体格の超大型犬で、理桜たちより明らかに大きく重かった。

「乗ってもいいですか」さなかが聞く。

「あんたも物怖《ものお》じしないわね……」

「大丈夫！」

押さえてもらいながら、さなかがサーモンにまたがる。ややが先導すると本邸に向かってノシノシと歩み始める。柊子が西遊記みたいだねと言ったが、ビジュアル的にはブレーメンの音楽隊に近いなと理桜は思った。

3

お風呂をもらった理桜がややの部屋に戻ると、部屋にはもう布団が敷いてあった。ややの部屋は十二畳あり、四人でも悠々と過ごせる広さである。窓際の大きなベッドにややと柊子が一緒に寝て、下に敷いた二組の布団に理桜とさなかが寝る。配置はさっきじゃんけんで決めてあった。

「えー。さなかちゃんディズニーランド行ったことないんだ」ややがベッドの上から聞いた。

「ありません」

「あんた興味なさそうだもんね」戻った理桜が布団にぽすんと座った。

「劇場や土産物屋や食堂の間を大きな鼠《ねずみ》が走り回っているところですよね」

「場末の観光地みたいに言わないでよ……」

「遠いからお父さんかお母さんに頼まないと無理だと思うけど……」柊子はベッドの縁に腰掛けている。「そういえばさなかちゃんちって、お父さんとお母さん何してるの？」

「父は単身赴任で家に居ません。母は専業主婦です」

「あ……お父さんおうちに居ないんだ……あの、ごめんね……」

「いえ別に。年に何回かは会いますから」

「仕事はなにしてんの？」と理桜が聞く。

「知りません」

「あんたねぇ……今まで暮らしてて疑問に思ったことないの？」

「そうですね。今度聞いてみます。理桜さんのご両親は何をされていますか」

「うちは普通よ。父さんがサラリーマン。ええと、輸送の会社の。母さんはあんたんちとおんなじ主婦」

「お父さんがサラリーマンでお母さんは人妻ですか」

「なんで人妻って言い換える……」

「淫猥《いんわい》かと思って……」

「淫猥にすんな！」

理桜が枕でつっこんだが、柔らかいのであまり効かなかった。さなかが余裕の笑みを浮かべる。理桜は手で叩き直した。

「まぁディズニーランドは遠いから四人だけだと無理だもんね」とややや。「今は四人で行ける所の話をしよう！」

言ってややがベッドから飛び降りた。バタバタと机に向かい、引き出しの中から大きな紙を持ってくる。ややは四人の真ん中にその紙をぶわっと広げた。それは吉祥寺周辺の大雑把な地図だった。

「あ、これもしかして……ＩＮＯの地図？」柊子がベッドの上から覗き込む。

「そうだよー。パパにプリントしてもらったんだ。次に行くＩＮＯ決めよ？　リストも今日付の最新版持ってきたし！」

ややは地図と一緒に紙束を広げた。ＩＮＯの詳細こみのリストであった。

「ええ……まだ潰す気なのややや。もういいじゃん。この三ヶ月で八割くらいは潰れたでしょ？」

「全部回るよ！　それにまだ六割くらいだよ。こないだ新しいの五個増えたもん」

理桜はうっへりした。

四月に中央図書館の秘密を解明して以降、四人はこの三ヶ月で二十の秘密を巡っていた。しかし所詮は小学生が考えるような秘密なので裏があったり正体が存在したりするケースの方が少なく、大体は噂のポイントを眺めに行って帰ってくるだけだった。先週調べたＩＮＯ　その39【街を跋扈《ばっこ》するヒグマ】に至ってはサーモンのことだった。ややややは憤ってサーモンと共に吉祥寺秘密探偵団本部に乗り込み、その場で39番を書き換えさせた。もちろんその後、学校に犬を持ち込んだ罪で千里子先生に怒られた。

「じゃあせめて、もうちょっとスケールの大きそうな秘密を選んでよ」と理桜。「ちっちゃいのを一日で三つも四つも回ると疲れるから」

「理桜ちゃんモチベーション低いー……」

「ごめんねぇ。私大人だから」

「具体的にどのあたりが大人なんですか」

「おっさんか！　おっさんかお前は！」顔を赤らめながらさなかをバシバシと叩く理桜。

「あ、じゃあ……これとかどうかなぁ……」

柊子がリストを見ながら地図を指差した。井の頭公園の中央に横たわる大きな池、井の頭池だ。

「えーとね……ＩＮＯ　その１【井の頭のぬし】」

ややや が戦慄する。

「ひぃちゃんダメ！　それは最後のボスだよッ！」

「え、ダメだった？」

「いいじゃない、井の頭のぬし。ラスボスならソレやっつけたら他も全滅するかもよ？」

「無理だよ理桜ちゃん！　ややたちのレベルじゃ太刀打ちできないっ！」

「レベルとかあったんだ……。それでぬしってどんなの？　ひぃ、ちょっと読んでみて」

「うん、ええとね……」

柊子がリストをパラパラと捲《めく》り、読み上げた。

【井の頭のぬし】ＩＮＯ　その１　ＩＮＯ登録日不明（とても古い）

井の頭公園の井の頭池には井の頭のぬし《ユャザ》が棲《す》んでいる。たいこの昔からいる謎の生き物。体長は28メートル、もしくは100メートルと言われる。

「アバウトなデータね……」

「たいこの昔から居るんだねぇ」

「いや、ユザワヤができた後でしょ多分」

「そんなことないよ！　昭和の怪物だよ！」

「それでも割と近いな」

「ねぇひぃちゃん考え直そう……やや、まだ命は惜しいよ……」

「うーん……じゃあねぇ……」

柊子がリストを上から順番になぞっていく。

「あ、わたしこれがいいなぁ……。その27【吉祥寺の魔法使い】」

「それはどんなの？」理桜が聞く。

「井の頭公園に魔法使いが住んでるんだって」

「何でも居るな井の頭公園……」

「売店の辺りをウロウロしてるって書いてあるよ」

「ひぃ、それは魔法使いじゃなくて路上生活者よ」

「そっかぁ………でも本当に居たら会いたいよね、さなかちゃん」

さなかがこくりと頷く。さなかは先月柊子に『まほうつかいパピュー』シリーズを紹介されて、今はもう柊子と一緒に最新刊まで読み進んでいた。

「だから一年生向けじゃないの？　それ」理桜がつっこむ。

「でも面白いんだよ……ね、さなかちゃん」

「そうですね。最新刊でパピューがつくったマーガリンが空を飛んでいくところは最高でした」

「多分その作者、ネタに詰まってるわよ」

乳製品が飛んでいくシーンは毎回あるんだよぉ……と柊子が反論した。それから柊子はパピューの一巻を出してきて、さなかと二人でここが面白いここも面白いと熱弁し始めたので、理桜も意地になってここがありえないここもご都合主義だと反論した。

4

電気はもう消えている。

大きな窓から差し込む月明かりが、部屋の中を薄く照らしていた。

ベッドの上からすーすーという静かな寝息が流れてくるのを、理桜は下の布団で聞いていた。０時を回り、もうみんな横になっている。

だが理桜は、なんだか眠れずに、暗い天井を見ながら考え事をしていた。

理桜には今、好きな人がいた。

相手は理桜が通っている塾の講師だった。彼はアルバイトの大学生で、塾では小学生に中学受験用の勉強を教えている。

三年生の時に、彼は理桜の担当になった。

これというきっかけがあったわけではない。雨の日に傘に入れてくれたわけでも、子犬を拾うところを見たわけでもない。ただ、塾の勉強の合間に彼とする会話は楽しかった。

向こうも好んで雑談するタイプの人間ではなかったが、ふと十分くらいの時間ができた時、彼は理桜に色んな話を聞かせてくれた。別段難しい内容でもない。だがその会話のやりとりの一つ一つは、理桜が同級生と話していても得られないような大人の機微を含んだものだった。理桜の精神年齢を考慮すれば、彼女が同級生でなく大学生に憧れを抱いたのはある意味当然の帰結だったのかもしれない。

しかし二人の年齢の差は厳然として存在している。

大学三年の彼は今年で二十一だった。

小学四年の理桜は今年で十だ。

理桜は天井を眺めながら自嘲気味に笑った。想像すればするほど、自分と彼が付き合うなんておかしいと思う。二十歳過ぎの人間が小学生と交際していたら誰が見ても変態で、どう考えても犯罪だろう。逆に十歳から真剣に告白されたとしても二十一歳の男はどう断ろうかと困るだけなのも想像に難くない。そんなことは、理桜本人が一番よく知っている。

だから理桜は告白しない。

この恋を成就させようとは思わない。何もしないのが、熱を心に秘めて冷めるまでじっと待つのが、自分にとっても相手にとっても一番いい選択なのだ。理桜はそう思う。

そして自分で考えて辿り着いたこの結論が、一番正しくて、一番納得できる、最もベターな解答であることも理桜は知っている。

だから理桜は誰にも話さない。親にも、同級生にも、自分以上の答えは出せないと正しく理解しているから。

だけど。

「ねぇ……さなか。起きてる……？」

「起きています」

この子になら、試しに話してみてもいいかもしれない。

理桜はそう思った。


「私はお二人の年齢差について、さほど問題を感じてはいません」

さなかは布団に横になったまま理桜の方に顔を向けて、小声で話した。

「だって……十一歳差よ？」

「年齢差というのは相対的な物です。20：10ならばその差の10は全体の50％に相当しますが、100：90なら差の10は10％にしかなりません。年を重ねれば差の比重が低くなるのは理桜さんも解っていると思います。ですから現状で一番問題なのは絶対値。理桜さんの年齢が今十歳であるということ。その低さが社会的・道徳的に問題になるのです」

「うん…………それは解ってる」

「ですがそれも、そこまで本質的な問題ではないと私は思います」

「え？」

「〝質量保存の法則〟はご存知ですか？」

急に話が変わって驚いたが、それは知っていた。中学のカリキュラムの範囲だが、塾では既に習っている。理桜は知ってる、と頷く。

「これはあくまで物理法則ですから、文化的・精神的な面にそのまま当てはめることはできません。ですが似ている部分はあると思います」

「どういうこと？」

「限定的な場の中で何かを増やそうとすれば、何かが代わりに減るということです。言い換えれば〝何かを得ようとすれば何かを失う〟とも言えます。まず最初に『十歳の理桜さんが二十一歳の男性と付き合う』という目的を設定しましょう。仮にそれが叶《かな》うと、理桜さんも相手の方も社会的な信用を失ったり道義的な説教を受けることになるでしょう。事が公になれば、きっとお二人とも多くの物を失う」

「そうね……」

「ですがそれは、逆に言えば『失うことを承知の上でなら付き合える』ということでもあります」

理桜はパチリと瞬きして、さなかを見た。

「質量保存の法則に喩《たと》えたのはそういうことです。〝Aを取るかBを取るか〟簡略化すればこれはそういう類の問題です。ではなぜ悩みが生じるのか。それは〝AもBも取れないか〟という不可能解を求めてしまっているからです。十歳の理桜さんが大人の男性と付き合おうとすれば、理桜さん本人は幸せになれても周囲は、特に貴方のご両親は心配して悲しむでしょう。それはトレードオフ、天秤《てんびん》の両端、どちらかの幸せしか選べない問題なのです」

「……で、でもさ」

理桜は反論を試みる。さなかの言っている事は正しいようでいて、しかし受け入れがたい話でもあった。

「たとえば……たとえばだけど。私が今よりもっと、もっと真剣で、何があっても相手と一緒に居たいって、付き合ったら絶対に別れなくて、十六歳になったら結婚して、それから死ぬまで一生添い遂げたいっていうくらい真剣だとしたらさ……。そう話したら、それで父さんも母さんも納得してくれたら、私も両親もみんな幸せになれる場合だって有り得るんじゃない？」

「その場合、理桜さんは『彼と交際して、周囲も納得させる』という報酬と引き替えに『自分の未来の自由』を犠牲にしたのです」

「あ……」

理桜ははっとする。

「天秤に載せるものを変えただけです。理桜さんが未来に対する約束をする。そうすればそこに交換可能な価値が発生します。逆にその約束を反故《ほご》にした場合、相応の被害が発生することでしょう」

さなかはいつもの半開きの目で表情を変えることもなく、ただただ当たり前のことを言い含めるように話を続けた。

「理桜さんが告白できないのは、『未来』を天秤にかける準備ができていないからです。失うものと手に入れたいものを比べて、そのリスクを考慮した結果、告白はできないと判断した。責めているわけではありません。判断は人それぞれです。ただその判断に対する理解が深まれば、苦悩は少なくなるのではないかと……」

最後の方を、理桜はもう聞いていなかった。

理桜は自分自身と話していた。

さなかに言われた通りだった。自分には準備が、ううん、覚悟が足りない。覚悟があれば告白もできるだろうし、たとえ十歳と二十歳だったとしても何恥じることなく振る舞えるだろう。だが今の自分にはそれができない。やった後のリスクを考えると踏み切れない。

私は。

そこまで彼を好きではない。

さなかは今、それを指摘したのだ。

理桜は心の中で反射的に反対した。この気持ちが、自分の気持ちが、嘘でないと思いたかった。

だがもう答えは出ていた。さなかは別に決めつけたわけでない。ただ指摘しただけなのだ。自分の気持ちが甘いことを証明しているのは、他ならぬ自分自身の行動だった。理桜は反論の材料を何も持っていなかった。さなかの指摘は、正しい。

貴方は、相手のことをそこまで好きではないのです。

そんな残酷な指摘をされて、自分がずっと温めてきた気持ちを全て否定されて、悔しがり、憤り、何の悪気もないさなかに向かって罵声を浴びせる。理桜にはそういう選択もできた。いや普通の小学生ならば、その反応こそが当然だっただろう。

しかし繰り返しになるのだが。四年連続クラス委員の理桜は、間違いなく頭の良い子だった。

だから理桜は。

さなかに向かって微笑んだ。

ややや話しても、柊子に話しても、きっとこんなことは言ってくれなかった。でもさなかは言った。それは理桜の事を考えての発言ではないのかもしれない。いや多分何も考えてないのだろう。さなかは独自の論理に沿って出た答えを、相手の事を何も考えずに口にしただけなのだろう。

それでも理桜はありがたいと思った。そして嬉しかった。

自分と対等以上に話ができる子に初めて逢《あ》えたことが、とても嬉しかった。

「あんたって……やっぱ凄いわ」

「足を嘗《な》めてもいいですよ」

「ごめん、そこまでは凄くない」

理桜は首を振って笑った。

だがさなかは不満げな顔をすると、布団から両手を出した。そして理桜に向かって、親指がツツツと離れる手品を見せた。

「どうです」

理桜は無表情で拍手してやった。

「くっ……もう知っていたとは……なんという恥辱……」

「あんたは悩みなさそうで良いわね…………ああ、でも」理桜はふと思い出す。「別に悩みがないわけでもないか。あんたは悩みができたから学校に来てるんだもんね」

「そうですね」

「いいかげん何か解ったの？〝友達〟についてさ」

理桜は少し意地悪な気分で聞いた。

こちらばかりが悩んでいるのは不公平だ。さなかはさなかで解の出ない問題に頭を悩ませてもらいたいと思い、理桜はわざとその話題を振る。

「友達とは何なのか、ねぇ。あんたが学校にき始めてからもう三ヶ月になるけど。その問題に関して、なんかしら進展はあったわけ？」

「そうですね……」

さなかは天井を向くと、布団の上で手を組んだ。

「この三ヶ月間、私は井の頭西小学校で多くの生徒を観察してきました。そして自らもまたコミュニティに参加し、友達を作ろうと、友達というものを体験しようと試みました。そうしているうちに、思ったことが一つあります」

「なに？」

「友達という関係は、あまりにも理解しがたい」

「……身もフタもないわねあんた」

「私は解りませんでした。友達という関係が何に基づいて作られているのか。利益もあれば不利益もあり、時には全く無意味なこともある。いったい何のために友達などというものが必要なのか。たとえば先月、ややややさんが私を庇ってくれた事がありましたね」

「うん」

理桜は思い出す。ややややがさなかを庇って怪我をしたあの時。

「あれなどは理解できない行為の代表です。ややややさんのやったことはまさに理屈ではない行為。非論理的で反利害的で超経済的な、説明不可能な行動の代表のように思えたのです」

「まぁ理由を本人に聞いても「友達だから！」としか言わないでしょうけどね……」

「その非論理性がどこから来るのか。利害を、経済を超越した〝友達〟という非論理的現象を、いったいどうやって論理的に落とし込めばいいのかを、私はこの三ヶ月の間、ずっとずっと考えていたのです」

「あんたも大変なのね……」

理桜は哀れむような目でさなかを見た。頭が良すぎるというのも考え物らしい。天才は天才で生き辛いのだなぁとしみじみ思った。

「そうやって考え続けた結果」

「うん」

「だいたい解りました」

「うん？」

理桜は瞬きをして、さなかの方を見た。

「……何？」

さなかは、理桜の方を向いて。

嬉しそうに微笑んだ。

「友達とは何か。なぜ友達が必要か。そして」

「友達の作り方が、やっと解りました」

V. Page fault

1

吉祥寺の大通りの喧噪《けんそう》を抜けて、一本だけ裏道に入る。ライブハウスに掲示された今日の出演バンドの名前を、理桜はやはり聞いたことがない。

三ヶ月ぶりに訪れるさなかの家のエントランスをくぐる。二十階に上がってインターホンを鳴らす。瞼の半分閉じた、いつも通りのさなかがドアを開けた。

さなかの部屋に通される。三ヶ月経っても部屋の中は相変わらずだった。それどころか本の地層の高さが一段も二段も増しているように見える。三台のPCのくぐもった唸り声が、理桜には部屋の汚さを抗議しているようにも聞こえた。

「あんたちょっとは片付けようって思わないの」

「そろそろ片付けようかと思っています」

「あら。偉いじゃない。言っとくけど私は手伝わないからね」

「全部捨てるだけですから」

「ああそう……」

片付けるという言葉の概念が違うらしい。こういう育ち方をするとろくな大人にならないのではないかと理桜は子供心に思った。

「準備をしますので待っていて下さい」

さなかはそう言って椅子に座り、キーボードに向かった。理桜は自分と同い年の物とは思えない部屋を眺めながら待つ。


お泊まり会の夜。

さなかは《友達とはなにか》の答えを得た、と理桜に言った。

理桜はそれを聞くために今日さなかの部屋にやってきた。ややや と柊子は来ていない。帰りに誘ってみたが、やややはピアノで柊子は家の手伝いがあるという。じゃあまた今度にしようかとも思ったのだが、そもそもこの話題についてこられていたのは、最初から自分だけだったのを理桜は思い出した。さなか本人も、それなりにリテラシーの高い話になるはずだと言ったので、結局理桜は一人で来ることにしたのだった

(ちなみに来る途中、携帯で〝リテラシー〟の意味を調べた)。

久しぶりの部屋を見回して、理桜は三ヶ月前を思い出す。

『世界中の多くの人に友達がいる。だから理由は解らないけど、友達は必要なのだ』

あの時理桜はさなかに負けたくないという一心で、売り言葉に買い言葉でそんな事を口にした。だが言ったこと自体は間違っていないと思うし、今でも同じように考えている。

そしてさなかは、その〝理由〟を見つけたと言った。

なぜ世界中の人に友達が居るのか。

なぜ友達が必要なのか。

友達とは何なのか。

そして、答えに辿り着いた必然の結果として。

《友達の作り方》も解ったのだと、さなかは言ったのだった。

もちろん聡明な理桜は、さなかの言葉を鵜呑みにしてはいない。友達の作り方なんて、そんなものがあるなら誰も苦労はしない。仮にそれがあるのだとしたら世の中には差別も戦争もありはしないだろう。当事者達が意識的に友達になれるのならば、きっと全てが綺麗に解決してしまうはずなのだから。

そうは思いつつも。

さなかの答えに興味があることもまた確かだった。

ピッ　という音がPCから聞こえた。理桜が顔を向けると、画面にはピンクのウィンドウが表示されている。

その中に〝friend〟の文字が並んでいた。

「始めましょうか」

2

「お泊まり会の日にも話しましたが、私は〝友達〟というものの振る舞いについて、ずっと悩んでいました」

「非論理的ってやつ？」

「はい。友達の振る舞いはあまりにも非論理的、反利害的、そして超経済的です。有り体に言えば〝損得を無視している〟。友達同士の間にはメリット・デメリットの関係が通用しない」

そういうもんじゃないからと口を挟みそうになったが理桜は我慢した。さなかは

〝なぜそういうもんじゃないのか〟を説明しようとしているのだ。

「ややさん、柊子さん、そして理桜さんを見ていて、私は悩みました。貴方達の多くの行動には論理的整合性がない」

「そうかなぁ……」

「まずはこう思ったのです。この三人が特殊なのかもしれないと」

「特殊っていうな」

「そこで私は観察の対象を拡大しました」

「拡大って、ああ……」

理桜は思い出す。さなかが隣のクラスに行って問題を起こしてきた時のこと。

「実は二組だけではありません」

「え？」

「私が学校を欠席した日は大抵、近隣の小学校・中学校・高校に出向いて、そこの生徒の様子を観察し続けていたのです」

「あんたそんなことやってたの……」理桜は呆れた。「いや、だって……高校に勝手に入ったりしたら怒られるでしょ」

「在学生の妹のふりをすると割と何とかなります。特に一部の特殊なご趣味の男子生徒を事前に調べておくのです。そういう方は突然妹が現れても脳内補完で受け入れてくれたりするのでとても便利です」

色々最低だった。理桜はさなかが「おにいちゃん」と言うところを想像して頭が痛くなった。

「で、そんな野良妹みたいな真似までして何か解ったわけ？」

「解りました」

さなかは椅子を回転させてＰＣに向かう。マウスを操作して画面を切り替える。理桜はさなかの頭越しに画面を覗いた。

「サンプリングを増やして見えてきたのです。友人間の非論理的とも思える振る舞いは、実はミクロ的な行為でしかなかったということが」

「ミクロ的？」

「〝友達〟とはマクロ的な現象なのです」

3

画面に新しいウィンドウが開く。中には○を5、6個集めたブドウのような記号が浮いていて、さらにそのブドウが何房か、離れて浮いていた。

「このソフトはかなり簡略化した〝友達〟のシミュレーションです。この○一つが個人。集まって房状になっているのが友達のグループと思って下さい」

「え、あんたが作ったの？」

さなかははい、と簡単に答えた。この子は本当に何でもできるなと理桜は今更ながら思う。

「それぞれには最低限必要なパラメータが設定してあります。次に対照群を用意します」

さなかがクリックすると、両脇のモニターにもそれぞれウィンドウが開いた。

右の窓は○が房にならずに、完全にバラバラで浮いている。左の窓は○が全て一カ所に集まって、100粒ほどの大きなブドウが一個だけ浮いていた。

「右は友人関係が全くない集団。左は友達100人のグループが一個だけある集団です。実際にはもっと多くのパターンを用意したのですが、説明を解りやすくするために三グループに絞りました。ここまでは解りますか？」

理桜は頷く。さなかの用意したグループの主旨は大体解る。

友達が一人も居ない100人、友達のグループがいくつかできている100人、1

００人全員が友達になっている１００人、の三グループだ。

「こうして作ったパターングループに、様々なシミュレーションを施しました。具体的な例を挙げれば【学習】【情報伝達】【移動】【分散と再構成】など」

「ちょっと難しくなってきた……どういうこと？」

「たとえば【移動】を簡潔に説明しますと、遠足に行く時にどのグループが一番効率よく動けるかという話です。《バラバラで移動》《５、６人の友人グループで移動》《１００人組で移動》と比べた時に、総合的なコストが最も安価なのはどれか。ここで注意したいのは〝総合的〟ということです。１００人組は集団行動の結果だけ見れば合理性があるように見えますが、引率する側の労力や、移動時の流動性までをコストに組み込んだ時、トータルで他に劣るという結果になるのです」

理桜はさなかの説明に付いていこうと頭を回した。噛み砕いてくれている部分もあって、まだなんとか理解できている。

「えーとつまり……少人数の集団が色んな面で効率がいいってこと？」

「その通りです」

さなかのクリックに合わせて画面に幾つかのグラフが表示される。その中で一番伸びたグラフをさなかが指差した。

「多数のシミュレーションテストの結果、最も効率化が図られたのが《3～7人のグループ》だったのです。最初は非常に単純化したテストでしたが、シミュレーションのディティールを上げても結果はさほど変わりませんでした。これは根底に流れる基礎理論が導いた一つの正解なのです。人類が社会生活を送る上で、3人から7人のグループを1単位として行動するのが、非常に能率が高い」

「……いや、うん、言いたいことはわかるんだけど」

理桜は首を捻った。

さなかの言葉の主旨は解る。少人数のグループが社会行動的に都合が良いとさなかは言っている。

だがそれはあくまで結果である。友達を作る時にそんなことを考える人間は居ない。

「理屈は解るわよ。あんたがテストしたっていうなら効率的ってのも本当なんでしょう。でもさ、友達ってそういうこと考えてなるものじゃなくない？」

理桜は素直にこっくりと頷いた。

さなかはこっくりと頷いた。

「ええ、そうです。誰も考えてはいないのです」

「……どういうこと？」

「理桜さん。〝友達〟とは、純粋にシステム的な現象なんですよ。遥か昔に人類が社会生活を始めてから、今日まで無数の友達がいました。友達のグループがありました。それらが長い歴史の中で、文化的に、無意識的に淘汰《とうた》されて洗練されてきた。それが友達。友達という現象。今私たちが見ている友達とは、〝友達〟という概念そのものが自然淘汰された結果に過ぎません。いいですか、理桜さん。《私たちが四人組の友達》なのは、《キリンの首が長い》のと同じなんです。私たちは、システム上効率が良いという理由だけで友人たり得ている。それこそが第一の問いと第二の問いの答え」

さなかは理桜の目を見ながら言った。

「問：〝友達とは何か〟
答え：人類の効率を向上させるシステム。
問：〝なぜ友達が必要か〟
答え：人類の効率を向上させるため。　です」

4

「えぇと……それは……」

理桜は、さなかの言葉を理解しようと努めた。

努めたが、やはり理解できない。

「あのさ……」理桜は頭を回して自分の疑問を言語化する。

「はい」

「その、あんたがいう友達ってつまりはシステムのことで、ええと、だから……」

「はい」

「だからその……〝友達〟は、私たち一人一人の気持ちと全然関係ないって事？」

理桜は話しながら、自分の感じている違和感の正体に辿り着いた。さなかは人類だとか社会だとかシステムだとかの話をしていて、個人の話を全くしていない。それは、友達というのは一人一人がかけがえのない相手を作るものだという、理桜の常識と全く合致していなかった。

「そうです」

さなかはさらりと答えた。

「個人の気持ちは、〝友達システム〟の成立に不都合がない形に洗練されます。そうでないものは淘汰されて、消えていきます。そう考えたとき初めて理解できるもの。それが友達の〝非論理性〟です」

さなかはＰＣに向き直ってキーを叩いた。

画面が切り替わる。現れたのはデフォルメされた昆虫の絵・ハチのイラストだった。その横にはもう一匹小さなハチがいて、親子のようにみえる。

「このハチが親、こちらが子供です」

「うん」

「理桜さんは〝利己的遺伝子〟というのを聞いたことがありますか？」

理桜は首を振った。知らない言葉だ。

「交配して自分の遺伝子を残す、それが生物の原則です」

さなかが理桜に説明を始める。

「しかし一部の社会性を持つ生物、たとえばハチやアリなどは、自分の子供を育てずに群れの他の個体の子供を育てたりします」

「他人の子供を育てるの？」

「そうです。これが発見された当初は、進化論的に説明できない謎でした。他人の子供を育てたら、自分の遺伝子は残らない。これは自然淘汰の原則に反している」

「うん」

「しかしこの一見すると非論理的な行動も、グループ全体を見ると初めてその意味が見えてくるのです」

さなかがクリックすると、ウィンドウの縮尺が変わった。画面上にたくさんのハチたちが現れる。ウィンドウの中はたくさんの小さなハチでいっぱいになった。

「ハチのグループ内の他者の子は、いうなれば全て〝親戚〟です。つまり遺伝子的には自分に近い。よく似ている。それの生存を助ける事によって、自分の遺伝子の一部を間接的に次世代に伝えているのです。個体として見れば非論理的な行動も、遺伝子の単位でグループ全体を見れば論理的に正しく帰結しています」

理桜は頭の中でさなかの説明を反芻《はんすう》した。

「ハチが親戚の子供を育てるのは、理屈が通るってことよね」

「そうです。そしてこれと同じことが、友達の間では文化的に行われているのです。友達のために自分の不利益になるような行動をする。自分の危険も顧みず相手を助ける。もしかしたら、それで死ぬかもしれません。自分自身は居なくなるかもしれません。ですが結果として〝友達関係〟は守られる。グループ内の一人が死亡しても、グループ自体は存続する。その方が、人類全体の最終的なコストパフォーマンスを見たときに、効率が向上しているのです。逆の場合も考えてみましょう。自分の生存や利益を優先して友達のために動かなかったとします。危険なシーンで相手を助けなかったとします。すると当然自分は生き残る。しかし、もしそれで友情が崩壊したら？〝友達関係〟が崩壊したら？　そのグループはもう友達ではいられなくなり、効率は著しく低下します。結果、そのシステムは〝悪いシステム〟となり、自然淘汰され、未来には残らない。友情は大切なのです。ただただ効率という一点において」

さなかがキーを叩いた。

画面の無数のハチが、一斉にデフォルメされた少女のアイコンに変換される。

そして表示される〝friend〟の文字。

それは〝友達〟の模式図だった。

友達を簡潔に論理的に説明した〝表〟。

ピコピコと動く小さな女の子たち。

それが三人から七人で寄り集まって〝友達〟を形成している。

理桜はその画面から、言いしれない気持ちの悪さを感じていた。

「友達の非論理的な行動は、〝友達システム〟の一部として、論理的に説明可能なのです」

さなかは満足げに言った。

5

「お解りいただけますか？」

さなかが椅子を回して、理桜に向く。まるで小さな子供に物を教えるような口調だった。

「……あんたが言いたいことは、多分……なんとなく解った」

理桜は素直に答える。さなかの話には専門的な内容もちらほらあったが、嚙み砕いて説明してくれたので大筋は理解できたと思っている。

だが納得できたかというと別だ。

「なんかやっぱりさ……あんたの話って大切なものが欠けてる気がするのよねぇ……」

理桜は腕を組んで、眉間に皺《しわ》を寄せた。

「個人、ですか？」

　さなかは理桜の考えを先読みして言った。

　理桜はうん、と頷く。

「そうよ。そう。あんたの話って本当に大括《おおくく》りというかスケールがでかいというか……いや、それが悪いって言ってるわけじゃないけど。そりゃ私も大きな事が解るのって凄いと思うよ？　でもさ……友達ってもっと身近なものだから……。今聞いたあんたの理屈が全部正しいとしても。友達っていうシステムが私たちの間に本当に存在するんだとしても。それで私とひぃとややに関して、何か説明できるわけじゃないでしょ？　なんか実感湧かないのよ。実体が伴ってないのよ話に。あれよ、机上の空論」

「そうですね」

「うん？」

　理桜はつついた棒をすかされて拍子抜けする。

「理桜さんの仰る通りです。ここまではある種、論理だけの話です。実地的なデータはほとんど反映されていませんし、細かいディテールも追っていませんから。私の提示した理論に、直感的に納得できないのは当然かと思います」

「ほらね。だからやっぱり、あんまり意味が」

と言ったところで。

理桜が再びうん？　と引っ掛かった。

「ここまで、って？」

「まだ最後の問いと、答えが残っています」

理桜は思い出す。そういえばさなかが提示した課題が、後一つ残っていた。

《友達の作り方》。

「ここまでの話に、私は頭の中だけで辿り着く事ができました。では実際にどうなのか。そう考え始めると現実のデータが必要になるのです」

さなかはマウスを触った。

クリック音と共に新しいウィンドウが開く。

表計算ソフトのような窓には、無数の数字の羅列が表示されていた。

「その数字は何？」

「〝人〟です」

「……ひと？」

さなかがもう一度クリックすると、その数字が上から下に高速でスクロールし始めた。無数の数字が凄《すさ》まじい勢いで流れていく。数字は止まらず、延々と、延々と続いていく。

「この三ヶ月間、私は小学校で、中学校で、高校で、人間のデータを、友達のデータを集め続けました。個人の、グループの、種類、数、構成、行動、変化、それらを全て記録し、変換し、数値化し、余すところなく記述し続けてきました」

数字は流れ続ける。

高速で過ぎ去る数字を背景にして、さなかが言う。

「そしてそれらを、集積し、並べ替え、関連付け、読み解き続けました。私がこれまで学んだ数学にはその手法、理論、体系が既にある。ゲーム理論、ベイズ統計、マルコフ連鎖、決定理論、計量経済学、グラフ理論、複雑ネットワーク、バラバシ・アルバートモデル」

さなかは呟き続けた。理桜にはもうさなかの言葉の意味が解らなかった。さなかもそれを説明をする気はないようだった。

「膨大な量の作業でした。夥《おびただ》しいデータと、計り知れないとすら思える観点。本当に時間がかかりました。ですが私は、ようやく計り切った。先日のお泊まり会の前の日に、私はとうとう〝解〟に到達することができたのです」

数字のスクロールが突然消える。

無数の数字はどこかに流れ去り、真っ白な画面に、シンプルな一行だけが表示されていた。

理桜は画面に顔を近付けた。

f = 3.323018

「これは……？」

「〝友人定数〟」

さなかがキーを叩く。

「そしてこれが」

画面に幾つかの代数を含む複雑な式が現れた。

「〝友人方程式〟です」

さなかの操作で画面がブラックアウトする。直後に三台のディスプレイの全画面に、ゲームのようなグラフィックが表示された。ドットが大きい。大昔のゲームのような粗い表現で描かれたそれは。

誰もいない学校の教室だった。

「データを集めた場所が学校だけですから、これは一般式ではなく、特定条件下の特殊式です。学校という場でのみ成立する性質の式と解。言うなれば特殊相対性理論と同じ、〝特殊友達理論〟とでも言いましょう。しかしこれは、間違いなく、《世界の答え》の一つです」

教室のドアが開く。

そこにやはり粗いグラフィックの、少年と少女の形のキャラクターが次々と現れる。見覚えのある制服姿。

そのアイコンは、井の頭西小学校の生徒のデフォルメキャラだった。キャラには男子と女子の区別があるだけで、それぞれは全て同じ顔をしている。教室内に同じ顔の男子と女子が、三、四十人ほどの人数で蠢《うごめ》いている。画面の左上では、時間を示すような数字のカウントがくるくると増加を続けていた。

「〝友人定数〟は、友達の成立する確率に関わります。理桜さんと柊子さんが以前に言いましたね。友達になるには出会いの偶然性が必要だと。友達になろうと思ってなるものではないと。それは間違いでした。マクロ的に見れば偶然にしか思えない、運命的なものにしか思えない現象でも、その根底には一つの数字が存在した。それがこの〝友人定数〟です。人は、人類は、友人定数の示す結果にそって友達となる。これは世界の物理法則の表現。喩えるなら、重力定数のようなものだと思って下さい。もっと言ってしまえば《光速》と同じです。私たちは、この不変の数字の上で友達として成り立っている」

理桜はさなかの話を聞きながら、ディスプレイの教室を見ていた。

画面の生徒達は思い思いに動いている。

それぞれが近付き、離れ、また近付く。

そうしているうちに、一つの〝流れ〟ができあがっていった。近付いたまま行動するようになるグループ。単独で居る者。またそれぞれの教室内での位置も、なんとなく定まってくる。

理桜はその画面を見ながら、さっきまでと段違いの気持ち悪さを感じていた。

「そして定数を元にして、式も完成しました。式と定数が確立された。あとは必要な条件を加えていくだけです。初期条件を充分に用意することさえできれば、ある程度までディティールを追うこともできる」

「…………え？」

理桜は、声を漏らした。

画面に顔を近付ける。教室の右上辺り、出入り口の近くをじっと見る。

その一人のキャラを見た。

そのキャラに。

他と全く同じ顔をしているそのキャラに。

見覚えがあった。

「…………星佳《せいか》ちゃん？」

「星佳さんですね、それは」

理桜が反射的に顔を離す。

これは、この教室は。

「井の頭西小学校四年一組です。そこは星佳さんや未知留《みちる》さんのグループですね」

さなかは無表情のままで言った。

理桜は目を見張った。見えてくる。だんだんと人が見えてくる。数百ドットしかない粗いグラフィックの生徒がピコピコと動いているだけなのに、その端々から現実の人間のような生々しさが見える。

それは、シミュレーションされた四年一組だった。

理桜は画面の中の一人を見る。

それは自分だった。

画面の外の理桜と、画面の中の理桜の目が合う。

そのたった3ドットの目がまるで笑ったような気がして、理桜は後ずさった。

「そろそろ7月ですね」

さなかが表示されている数字を見ながら言う。教室内の生徒たちは、いまや完全に現実の再現になっている。

理桜は目を逸らす。気持ち悪い。気持ち悪い。この気持ち悪さがどこから来ているのか解らない。だがもう、画面を見ては居られなかった。

「これが〝友達〟の正体なのです」

さなかがキーを叩いてシミュレーションを一時停止させる。

全画面のシミュレーションがウィンドウ表示に切り替わった。

「友達とは、一つの数字と一つの式から導き出される、論理現象なのです。ここで一つだけ補足したいのは、私はこの生徒たちに精神的・文化的な個人情報を入力していない、ということです。身長や体重などの物理的な情報は入力しましたが、趣味や特技、考え方など、それぞれの精神的個性は一切入力していません。しかしそれでも、この精度でシミュレーションが成立している。つまり友人関係の成立に個人の精神の影響は極めて薄いのです。〝友人定数〟と〝友人方程式〟を用いれば友達を論理現象に帰化できる。逆にそれが、個人の出自・年齢・性格・性別を超えて友達関係が成立できる理由でもあるのです」

画面には〝友人定数〟と〝友人方程式〟。

そしてその下に一行の文字列。

f = friend

「問：〝友達は作れるか〟

答え：〝友達の方程式〟に則《のっと》って行動すれば、人は友達になる。

友人方程式を元にしたこのシミュレーションは、非常に現実に近いものです。逆に言えば、このシミュレーションの通りに行動することができれば、友人関係は間違いなく生まれるのです。ただ、これはあくまでも論理現象ですから、この式では出せない数字というものも揺るぎなく存在します。それは〝絶対友達になれない人間同士もいる〟ということです。それに関してはもう諦めてもらうしかありませんが……」

一歩引いた理桜が、さなかと画面の方程式を同時に見る。理桜はこの時やっと、自分の感じていた気持ち悪さの正体を理解した。

あの式に〝友達〟が再現されたということ。

あの式に〝自分〟が再現されたということ。

あの式に〝人間〟が再現されたということ。

理桜が感じた気持ち悪さの正体は、自分の理解の及ばないものが作り出した、得体のしれない〝未知〟なのだった。

「あんた……これ、どうする気なの？」

理桜は画面を指差しながら、漠然とした質問をした。

「どうもしません」さなかはやはりさらりと答える。「問題の解答が得られたことには満足しています。それだけです。たとえばこれを応用すれば、現在の社会問題を解決するような物も作れるのかもしれませんが、今のところはそちらに興味はありませんので。でもそうですね、一例を示せば……」

さなかの操作でシミュレーションが再開される。

左上のカウンタは増加を続ける。少し流してからさなかは再び一時停止して、ウェイトレスのような手付きで画面を差した。

「これが来月中頃の教室です」

理桜は目を丸くする。

「来、月？」

「七月一五日時点での友人関係の予測です。誤差は出ると思いますが、大筋ではこの通りに推移するはずです」

「未来が、解るっていうの？」

「シミュレーションですから。天気図の予測と同じです。天気予報ではなく、友達予報ですね」

さなかがおかしな造語を口にする。理桜は《七月十五日の教室》を見た。今とそんなに変わっているところはない。人と人の隙間がなんとなく離れたり、近付いたりしている箇所はあるが、グループ自体は大きく変わっていなかった。ただ星佳と未知留の間が少し離れたのはちょっとそれっぽいと感じた。あの二人は元々そんなに馬が合わないだろうなと理桜は思っていたからだ。

と、そこで。理桜の目が止まる。

「あれ？」

「どうしました？」

「いや…………あんたが居なくない？」

理桜が画面を指差す。

その三人組のグループは間違いなく理桜とややと柊子だった。

だがそこには、四月からずっと一緒に動いていたはずの、さなかの姿が消えている。

「消しました」

さなかは言った。

「え、なんで？」

「もう学校には行かないからです」

理桜は再び目を丸くした。

「今日の登校で最後にしようと思います。明日からはもう行きません」

さなかは、別におかしなことは何もないという風に平然と言った。

「もう行く理由がありません。私が学校に通っていたのは〝友達〟というものに興味があったからです。そして私は三ヶ月学校に通い、同級生を観察し、結果こうして〝友達〟を解き明かしました。ですからもう友達に関して知りたいことはないのです。

友達は、もう解ったのです」

「解ったって……あんた」

理桜が眉根を顰《ひそ》める。

「解ったから、もういいっていうの？」

「そうです」

「あんた……本気で言ってるの？」

さなかは、理桜が何を聞いているのか解らないという顔をした。

「最初にも言いましたが……私が小学校に行っていなかったのは学業のカリキュラムを既に済ませていたからです。それから友達を調べ始め、そして調べ終わりました。友達というものに興味を持ちました。それから友達を調べ始め、そして理桜さん達が来て、友達というものに興味を持ちました。ここからは先を知っている本を読むようなもので……。私はそれに興味を感じません」

「あんたねぇ……っ！」

理桜は声を荒げた。

何だかわからないが、とにかく思いっきりむかついていた。

「ややややとひぃはどうすんのよ！」

「ややややさんと柊子さんが私に何か用事があるのでしたら対応はさせてもらいますが、私の方からは特に何も」

「だったらっ!!」

そこで理桜の叫びが止まる。

今、私は。

私は今何を言おうとしていたのか。

だったら。

だったら？

（だったら、私は？）

理桜は、ああ、と思った。今やっと気が付いた。

そうなんだ。

私はもうこの子の事を。


友達だと思っていたんだ。


その事実に気付いて、その事実を受け入れた時。

理桜の頭がカチリと切り変わった。

脳の中の霧が一瞬で晴れたようにクリアになる。冴《さ》え渡《わた》った頭脳で理桜は考える。

私はこの三ヶ月の中で、さなかの事を友達だと思えるようになったのだと。きっとややも、きっとひぃもそうなのだと思った。私たち三人は間違いなくさなかと友達だった。理桜はその事実を、過不足なく、完璧に理解する。

しつこく繰り返すことになるが。

四年連続クラス委員の理桜は、間違いなく頭の良い子であった。

理桜は、腰に手を当てて、ふぅ、と軽いため息を吐いた。

「あの……理桜さん？」

さなかが不思議そうに理桜を見遣る。

理桜はさなかの顔を見返すと、首を振って、呆れた。

「全く……しょうがないわよね。解ってる。解ってるわよ。いいの。クラスの子の面倒見るのはもう慣れてるからさ。もうとっくに諦めてるわよ、こんなの」

「……どういうことですか？」

「別にいいのよ、あんたは解らなくても。だって……」

理桜はもう一度ため息を吐くと、椅子に座るさなかに向かって、上から微笑んだ。

「あんた、バカだから」

6

理桜は毎朝八時には登校している。クラス委員の仕事を無数に抱える理桜にとって、朝の三十分はとても貴重な時間だ。

教室の後ろの席で、理桜は夏休みの予定表をまとめていた。それももちろん理桜個人の予定表ではなく、クラスと学年全体の予定表である。プールのカレンダー作りなどはもう完全に教師の仕事のような気がするが、千里子先生に任せると遅い上に穴が多いので自分でやってしまった方が精神衛生上良いということを理桜は知っていた。

「ぶはー……」

斜め前の席でややややがぶはーと言った。

「なにそれ」

「なにって、ため息だよ」

ややややはため息が下手だった。

「なんで朝からボーっとしてるだけのややややがため息なんか吐くのよ。吐きたいのはこっちよ。暇ならこのカレンダー引き写して」

ううーと呻きながらも手伝うややや。しかし二分と書かないうちに、またぶはーと言う。

「なんなのよいったい」

「だって……理桜ちゃん心配じゃないの？」

「なにが」

「なにがって……さなかちゃんだよ！　もう一週間も来てないんだよ？」

ややゃは憤って立ち上がった。カレンダー写しは自主的に終わったようだ。

「そうだね……ちょっと心配だよね……」理桜に言われる前から仕事を手伝っていた柊子が沈鬱な表情で呟く。

「一日くらいならちょくちょく休んでたけど、一週間は初めてだもんね……。やっぱり何かあったんじゃないかなぁ……病気とか」

「だよね！　そうだよね！」ややゃが神意を得たりとばかりに叫ぶ。「何かあったんだよ！　病気だったらお見舞いしなきゃだし！　だから理桜ちゃんっ様子見に行かないと！」

「それはダメ」

理桜はさらりと突き放した。

「だからなんでー!? なんで行っちゃダメって言うの!? いいじゃん行っても！」

「う、うん……私も知りたいな……」柊子も手を止めて聞いた。「理桜ちゃんが止めるからお見舞い行ってないけど……。なにか理由でもあるの？」

「理由はあるけど」

「何？ 何？」

「まぁ大したことじゃないわよ」

「教えてよー！」

「本当に大したことじゃないんだってば。それにほら、あの子がこなくなってから、今日で一週間でしょ？」

ややや が首を傾げる。「そうだけど……それが？」

「一週間なら」

理桜は、教室にかかっている丸時計を見た。

「そろそろでしょ」

「？ え？ え？」

理桜は答えずにカレンダーの制作に戻った。ややや と柊子はキョトンとして顔を見合わせた。

その時だった。

ガラリ、と音がした。

教室の扉の開く音。ややや と柊子が反射的にそちらを向く。

教室に入ってきたのは。

さなかだった。

「さなかちゃん！」

「おはようございます」

さなかはややや に挨拶をすると、スタスタと教室に入り、自分の席に座った。

「どうしたの！　ね、ね、何かあったの!?」

ややや がはしゃぎながら駆け寄る。

「何か、と言いますと」

「だって一週間も休んでたから……」柊子も寄ってきた。「みんなで心配してたんだよぉ」

「それは……」

さなかは言い淀んだ。

あれ？　とややや は思った。柊子も気付く。さなかが言い淀むなんて初めてだと、二人は小さな違和感を覚える。そして違和感の原因はもう一つあった。

さなかの表情が、いつもと違った。いや、目はいつも通りの半開きだし、言葉で表現しようとしたら普段通りの無表情としか言えないだろう。だがさなかの眉には、微妙に、本当に微妙に、友達でなかったら気付けないだろうほどわずかに、力が入っていた。

「さなかちゃん？」

ややややがキョトンとしながら聞く。しかしさなかは答えない。

そしてその隣では理桜が、カレンダーに日付を書き入れながら、にんまりと微笑んでいた。

「おはよう」

理桜が声をかける。

「……おはようございます」

「来たんだ」

「ええ」

「ふーん」

「……なんですか」

「別に」

さなかの眉にまたわずかに力が入った。

「井の頭公園のＩＮＯを探索に行く約束があったのを忘れていました。あと、柊子さんにパピューの八巻を借りたままになっていましたし」

「私、何も言ってないけど」

「………」

さなかは黙った。

そして自分の机の天板を見つめた。

その眉間には。

小さな小さな皺が一つだけ寄っていた。

「……これは一体何なんですか」

「これ？」

「この気持ちです。この感情がどこから来ているのか、何を源泉にしているのかが解りません。そもそも一体どんな感情なのかも……。ですが、漠然と、ただ本当に漠然と、思ったのです。ずっと、ずっと考えてしまうのです。私は、もう一度会わなければいけないと。理桜さん達に会わなければいけないと」

さなかが膝の上でこぶしを握り込む。

「この気持ちは……」

理桜は、カレンダーの最終日に31の日付を書き込むと。

やれやれという顔でペンに蓋をして、言った。

「寂しかったんでしょ？」

さなかは顔を上げた。

「寂しい？」

「あんたって、ほんとバカね」

「さみしい…………」

呟くさなかを見ながら、理桜は呆れてもう一度息を吐いた。

あの日。

理桜は認めた。さなかのことを友達だと認めた。だから理桜には自分の感情が簡単に説明できた。友達だと思っていたさなかに、もう学校に行かない、もう友達に用はないと言われて、理桜は寂しかった。とても寂しかった。

さなかは間違いなく理桜の友達だった。

そう思ったとき。理桜の中にある一つの確信が生まれた。それはとても小さな、でもとても確かだと信じられること。


さなかが理桜の友達であるならば。

理桜もまたさなかの友達なのだ。


だからきっとさなかも、私と同じ気持ちを持っている。

私と会えなかったら、きっとこの子は寂しがる。

それは友達のいる人間なら誰でも解る、あまりにも当然の話だった。

友達を観察したりしなくても解る、わざわざ複雑な式で計算する必要もない、至ってシンプルで、全く当たり前の現象。

友達に会えなかったら寂しい。

それはまさに子供でもわかる、普遍の想像力だった。

「ややも!! ややも寂しかったよー!!」

ややがさなかに抱きつく。さなかはまだ困惑気味だった。しかし柊子がわたしも寂しかったーと続けた時には、いえトムはちょっと……と反射的に返していた。そこはプロだった。柊子はすすり泣いた。

「で、さなかさん？」

理桜が完成したカレンダーをまとめながら言う。

「はい」

「あんたは、私に何か言わなきゃならないことがあるんじゃないのかなぁ」

「…………………」

「や、別に私としてはどうでもいいんだけどさ。ほらなんていうの？　あんたの精神的な負担をちょっとは軽減してやろうと思って。あくまでも善意でね？　こういうのって早めに言っておかないと、引っ張れば引っ張るほど言いにくくなるものだからねぇ。さ、何かあるなら言って？　聞いたげる」

理桜は余裕の笑みを浮かべながら、敗戦国の敵将に上から語りかけた。

それは理桜が、さなかに借りていた物を返した瞬間だった。

「別にないならいいけどさぁ」

理桜は鼻歌まじりにさなかを追い詰めた。

さなかは、ガタリと椅子を鳴らして立ち上がると、理桜の横に立った。

「理桜さん」

「なぁに？」

「好きです」

「あんた何言ってんの⁉」

理桜さん、理桜さんとさなかが迫る。本気の抵抗を見せる理桜。頬を赤らめながら固唾を飲んで見守るややややと柊子。すでに登校していた他の生徒達も騒ぎに気付き、百合《ゆり》だ、百合だわとささめいた。こうしてさなかの咄嗟の機転によってさなか自身のプライドは守られた。しかしその他多くのものに深い爪痕を残す結果となった。人が争う事の虚《むな》しさを後世に伝える、あまりにも陰惨な事件であった。

一時間目の授業中、手紙が飛んできた。『よろしくだにゃー』と書いてあった。理桜は笑って、それをペンケースにしまった。

7

放課後。

四人は井の頭公園に向かった。保留になっていたＩＮＯ探検隊の再開であった。

井の頭のぬし《ユャザ》を求めて、四人はとりあえず井の頭池の周りを一周してみることにした。池の外周は一キロ以上あり、小学生の足には結構な距離だ。ぐるりと回って再びスタート地点に戻る頃には、もう空がオレンジ色になっていた。

「今日は現れなかったか……」ややや が川口浩《かわぐちひろし》探検隊っぽく言った。

「そんなに頻繁に顔出されちゃたまんないわよ」

「ねぇ理桜ちゃん、どの辺に居ると思う？」

柊子が池のほとりで地図を広げる。三人は覗き込む。

「まぁ百歩譲って本当に居るんだとしたら……この辺じゃない？」理桜は井の頭池の西側の一番広く深い部分〝お茶の水池〟を指差した。ちょうど今四人が居る辺りだ。

「ぬしって１００メートルなんでしょ？　じゃあ一番深そうなここでしょう。ボート池も広いけど細長いしボートいるし。いや本当に１００メートルなんだったら、ここだって絶対入れないと思うけど……」

「28メートルの説もあるよ」

「28メートルでも無理。長さじゃなくて深さの問題よ。そりゃあここの池は公園の池にしちゃ大きくて深いとは思うけどさ」

「池の平均水深は2メートル以下です」さなかが調べてきたデータを口にする。「この辺りは、それよりはもう少し深そうですが。それでも28メートルサイズの生物が入るには少し足りないですね」

「さなかちゃん、それはどこで調べたの？」ややや が聞く。

「都の土木技術課の年報から」

「わかった！　都がジジツをインペイしてるんだよ！　この池は本当はものすごい深くて、何百メートルも深くて、その底にユャザが暮らしてるんだ！　都は近所の人がパニックにならないように何十年もそれを隠してきたんだよ！」

「さすが役所。良い仕事するわ。じゃあお役人さんに感謝しながらパニックにならないように帰りましょ」

「理桜ちゃんやる気ない！」

「あるわけないでしょ……。そもそもややや、何百メートルの深さだとしてよ？　どうやってユャザを浮上させる気なのよ。呼んだら上がってくるでもなし」

「ううっ、それは………ねぇさなかちゃん、何か作戦ない？」

「毒を流してはどうでしょう」

「テロなら一人でやってよね……」理桜はため息交じりにつっこんだ。

「今日は、ちょっと池の水が増えてるねぇ」

柊子が池の縁に立って言う。

「昨日雨だったからね」

理桜達も並んで池を覗き込んだ。透明度は普段から高くはないが、今日の水はいつもよりさらに濁っている。

「この水にユャザのエキスがしみこんでいるかもしれない……持ち帰って調査だ！」

やや口浩隊長が持ってきた容器に水を汲《く》む。

「ややちゃん、服汚れるよぉ……」と柊子が心配した。

さなかも腰を屈《かが》めて、後ろからそれを覗き込んだ。

理桜もその横に立って、水の増えている池を眺めた。

足下の土も昨日の雨でぬかるんでいる。気を付けないと滑って転んで服が汚れるなあ、と理桜は思った。

それが。

理桜がはっきりと覚えている最後の記憶だった。

理桜は前につんのめるような姿勢で、池に落ちた。

ドプン、という音がした。

「理桜ちゃん！」

ややや
が叫ぶ。

柊子も声を上げた。

池に大きな波紋が広がる。

三人は一秒、二秒、と理桜が浮いてくるのを待った。

五秒。

十秒。

理桜は、浮いてこない。

「誰かっ！」

さなかは叫んでいた。すぐ後ろの通りまで走り出てもう一度叫んだ。少し離れたところを歩いていた若い男性が異常に気付いて駆け寄る。さなかが口早に説明すると、男性は迷わず池に飛び込んだ。

男性は理桜の身体を抱えて岸にあがると、すぐに人工呼吸の措置を行い、そして理桜の身体を抱きかかえて、公園から一番近い病院に走った。三人も一緒に走った。理桜を抱えた男性はそのまま救急の入り口に飛び込む。ややややが携帯で理桜の家族に連絡する。十五分ほどして理桜の母親が息を切らせて病院に到着した。母親は三人に事情を聞くと、そのまま奥へと入っていった。さなか達はロビーで理桜を待った。

理桜は帰ってこなかった。

この日
さなかは
友達を失った。

VI. Paschal flower

1

葬儀にはたくさんのクラスメイトの姿があった。子供達の間から泣き声が聞こえる。一際大きな泣き声はややややのものだった。柊子は声を出さないように歯を食いしばりながら、大粒の涙をポロポロとこぼしていた。

さなかは、棺桶《かんおけ》に横たわる理桜を見た。ほんの三日前まで生きていた理桜は、今はもう死んでいるのだという。その事象の変化をさなかは理解しようとした。しかし脳が二つに分かれたような奇妙な感覚が邪魔をして上手く考えられなかった。

葬儀が終わり、さなか達は出棺を見送った。火葬場で理桜の遺体は荼毘《だび》に付されて灰になる。その化学変化は理桜の生死とどういう関係があるのか。さなかには解らない。

2

薄暗い部屋の中にキーボードを叩く音が響く。三台の黒い箱はいつもと変わらない唸り声を上げている。

画面に表示されたプログラムのソースが、カタカタという音に呼応して流れていく。さなかは入力する数字を修正していた。さなかが作った〝友達〟のシミュレーションに、新たに得られたデータが反映されていく。

ピッ　という音が入力の終了を告げた。

さなかはプログラムを走らせるコードを打ち込んで、エンターキーを叩いた。

一瞬の間の後、画面が黒くなり、小さな白い文字で一行だけが表示された。

〝Overflow〟

プログラムに入力した数字が大き過ぎるようだった。処理が止まり、エラーメッセージが出てしまう。

さなかは入力を修正した。
〝Overflow〟
さなかは入力を修正した。
〝Overflow〟
さなかは入力を修正した。
〝Overflow〟
さなかは入力を修正した。
〝Overflow〟
さなかは入力を修正した。
〝Overflow〟
さなかは入力を修正した。
〝Overflow〟
さなかは入力を修正した。
〝Overflow〟
さなかは入力を修正した。
〝Overflow〟

さなかは入力を修正した。

〝Overflow〟

エンターキーが外れて弾《はじ》け飛んだ。

〝Overflow〟

さなかは部屋を出た。

〝Overflow〟

3

マンションのエントランスを出ると、外は夜だった。だが時間を気にしていなかったさなかには、今が何時なのかも判らない。宵の口なのかもしれないし、深夜なのかもしれない。しかしそれはあまり意味のないことだった。

通りに出ると車がほとんど走っていない。さなかはやっと携帯を見る。時刻はもう0時を過ぎていた。

人通りのあまりない無い通りを、さなかは歩いていく。

線路のガードをくぐり、デパートの脇の細い道に入る。

誰もいない。

猫一匹通らない路地を抜け、コツコツと足音を響かせながら、古びた石段を降りていく。

さなかは真夜中の井の頭公園に訪れていた。

当然ながら公園にも人の姿はない。木の陰が夜の闇よりも暗く落ちて、黒い霧のように辺りを包んでいる。さなかは闇の間を淡々と、淡々と歩いた。

闇を抜けた先には、黒い水をたたえた井の頭池が広がっていた。

実際に黒いわけではないのだろうが、真夜中の池は漆黒の絨毯のようだった。足を踏み出せば、歩けそうな。

さなかは絨毯には降りずに、池にかかる橋を渡り始めた。

橋の中央で、さなかは立ち止まる。

さなかは井の頭池を見た。

論理が破綻していた。

どう数字を調整してもシミュレーションが動かない。どう入力してもオーバーフローを引き起こす。オーバーフローが出ているのは、計算の結果が大き過ぎるということだ。桁が溢れている。何回直しても駄目だった。何回直しても駄目だった。さなかが想定できないほどのオーダーで数字は溢れていた。

では、間違っているのは〝式〟なのか。

〝友人方程式〟が間違っているのか。

さなかは基礎理論に立ち返る。

思い出す。

自分自身の言葉を思い出す。

〝グループ内の一人が死亡しても、友達のグループは存続する。その方が、最終的なコストパフォーマンスを見たときに効率が向上している〟

さなかは橋の手すりを両腕で力一杯叩いた。

効率が向上する？

最終的な効率が上回る？

さなかは、自分の言ったことをもう一度繰り返した。

それは。

嘘だ。

嘘だ、嘘だ、嘘だ、嘘だ、嘘だ、嘘だ、嘘だ、嘘だ、嘘だ、嘘だ、嘘だ、嘘だ、嘘だ、嘘だ、嘘だ、嘘だ、嘘だ、嘘だ、嘘だ、嘘だ。

間違っている、間違っている、間違っている、間違っている、間違っている、間違っている、間違っている、間違っている、間違っている。

だって。

だって私は、知らなかった。

残された方に、こんなにも大きな損害が発生するなんて知らなかった。

大きい、被害があまりにも大きい。

大き過ぎる、感情の幅が大き過ぎる。

わからない、この気持ちが何なのかわからない。

もはや考えるどころではなかった。

この気持ちを、自分の胸に去来し続けるこの気持ちを、今すぐどうにかしなければ。

私は。

きっと死んでしまう。

論理性は失われた。

言葉は破綻した。

さなかがくしゃくしゃに顔を歪める。

さなかの目が、閉じかかっていた。

普段から半分しか開いていないさなかの目が、もう九割方閉じてしまっている。それはさなかの意志だった。世界の情報を遮断しようとする意志だった。何も見たくない。何も感じたくない。閉じてしまいたい。世界を閉じてしまいたい。閉じたくない。

本当は閉じたくない。終わりたくない。終わりたくないのに。

(もう無理だ)

(もうたえられない)

(だって)

(理桜さんがいない)

(りざくらさんがいない)

(りざくらさん)

(りざくらさん)

(わたしは)

(どうすればいい)

（どうすればいい）

さなかは
目を閉じた。

「君」

さなかの目が反射的に戻る。

振り返ると、そこには男が立っていた。

黒かった。

黒い髪の男は、黒いガラス板のような不思議なグラスで両目を覆い隠し、黒いマントで全身を包んでいる。

闇から押し出されたような黒ずくめの男は、静かな声で言った。

「ここであまり強い思念を飛ばさないでもらえないか……。せっかく寝かせた《ユヤザ》が起きてしまう」

「あなたは……」

「魔法使いだけど」

ＩＮＯ　その27

【吉祥寺の魔法使い】は言った。

4

閉店した売店のそばのベンチに、二人は並んで座っている。

魔法使いは缶ジュースをさなかに渡した。それは魔法で作り出した缶ジュースではなく、百円玉一枚と十円玉二枚を自販機に入れて取り出したものだった。

魔法使いはホットの缶コーヒーを開けて口を付ける。七月の夜に首から足まで分厚いマントで身を包んだ男がホットを飲んでいる姿は傍目《はため》にも暑そうだった。

魔法使いは不思議な形のグラスを付けていた。グラスと呼ぶほど眼鏡らしい形状ではないそれは、鋭角的なフォルムで彼の顔に張り付いている。黒い光沢を放つそれは透明度が皆無で、魔法使いの目を窺うことはできなかった。

「それを飲んだら家に帰りなさい。子供がこんな夜中に出歩いてちゃいけない。なんなら家まで送るから」

魔法使いはとても普通なことを言った。

「あなたは変質者ですか？」

さなかは素直な疑問を口にした。

「変質者じゃない……魔法使いだって言っただろ」

「魔法、使い？」

さなかは懐疑的な眼差《まなざ》しを向けた。

「失礼な子だな。そんな目で大人を見るんじゃないよ」

さなかは養豚場の豚を見るような眼差しを向けた。

「そんな目で大人を見るんじゃない！」

魔法使いは立ち上がってさなかにつっこんだ。

座った。

「なんなんだい君は」

「それはこちらの台詞《せりふ》です」

「だから、僕は魔法使いだ」

「魔法使い……」

「そうだよ、しつこいな」

「童貞《まほうつかい》……」

「いま違う言葉を言わなかった？　気のせい？」

「童　貞《きのせいでしょう》」

「気のせいじゃない！　絶対気のせいじゃない！　判るんだぞ！　魔法の力で判るんだぞ！」

座った。

「だから一体なんなんだ君は……」

「私は小学生です」

「小学生、ね……」

「あなたは」

「うん？」

「魔法が、使えるんですか？」

「使えるけど」

魔法使いは簡単に言った。

「というか、たった今もたっぷり使ったところだよ。ユャザの封印は久しぶりの大魔法だった。世界に魔法使いは数いれど、ユャザほどの真級大怪奇と対等にやり合えるのは僕を入れても十人居ないだろうね。もっと少ないかな。七人……いや五人？　あ
あいや、自慢するわけじゃないけど」

「凄いんですね、童貞」

「はっきり言った⁉」

「別に何《ど》も言《う》って《て》ない《ぃ》ですよ」

「君どうやって喋ってんの⁉　魔法⁉」

魔法使いは一通りつっこみ終えると、コーヒーを飲んで気を落ち着けた。

「これだからこの辺りは苦手なんだ……。吉祥寺では昔からろくな目に遭わない。おかしなモノが彷徨き過ぎなんだよここ……。ユャザの世界があるってだけでも十分歪んでいるのに。何か呪いでもあるのかねこの土地は……」

「この辺りにお住まいではないんですか」

「昔は住んでたけど。一度離れて最近戻ってきたんだ。まぁユャザの件が片付いたから、もうやることはそんなに無いんだけどね。しかし機嫌が悪かったなぁあいつ。あんなに歪みが大きくなってるの初めて見た。君、何かイタズラでもしたんじゃないだろうな。毒を流したとか」

「それはやめました」

「やろうとはしたんだ……」

「やってはいません」

「本当だろうな……あとはうーん、たとえば、何か大きな物を池に投げ込んだとか」

ビクリと、さなかの肩が震える。

さなかの顔は瞬間的に歪み、半分まで戻っていた彼女の瞼は、再び重く閉じかかった。

「うん？」

魔法使いが首を傾げてさなかを見る。

さなかは俯いたまま、何も答えない。

「ふぅん……」

魔法使いは、傾げた首を戻した。

「なるほどね」

さなかが顔を上げる。

「ああ、ごめん。さっきも言ったんだけどさ。判るんだよ。魔法の力で判るんだ」

「………」

「友達が、亡くなったんだね」

さなかの肩が再びビクンと震える。

黒い魔法使いは押し黙った。

グラスに隠れた瞳が何を見ているのか、さなかには判らない。

「ねえ、君」

「……はい」

「先に説明しておくと、僕は君の心を文章のように正確に読めるわけじゃないんだ。

魔法でできるのはもっと大雑把な読心だけ。感情の色の流れを摑《つか》んで、大まかに何があったのかを類推する程度の読心なんだよ。つまり、細かいことは何も解らない」

「………………」

「だから教えてほしいんだけど……。君の心の深部に引っ掛かっているこれはなんだろう……？　凄くシンプルな……そう、喩えるなら数式みたいなものだ」

さなかは驚いて魔法使いの顔を見た。

「これは、一体何？」

黒い魔法使いはストレートに聞いた。

「それは………………」

さなかが立ち上がる。そして近くの植え込みに落ちていた木の枝を拾う。さなかは自分の足下の地面に、棒で式を書き上げた。

〝友人方程式〟

その式を見て、魔法使いも立ち上がった。

「これは…………君が考えたのか？」

「そうです。友達を記述する方程式。〝友人方程式〟です」

「凄いな……」

魔法使いはその場にしゃがみこんで、式をまじまじと眺めた。

「これが解るんですか？」

「解るよ。こっちの方も昔齧《かじ》ったからね。しかし……君本当に小学生？　どういう育ち方をしたらこうも……あ、ちょっとそれ貸して」

魔法使いはさなかの持っている枝を指差した。さなかは枝を渡す。受け取ると、魔法使いはバサリとマントを翻して片腕を自由にした。

マントの下の服もやはり真っ黒だった。魔法使いは筒のような形をした不思議な服を着ていた。強いて表現するならアニメのキャラが着そうな服とでも言うような、まるでコスプレのような格好だった。

魔法使いは、枝で地面に字を書き始めた。

友人方程式の周りに、落書きのように乱雑に数字やアルファベットをざらざらと書《か》き綴《つづ》る。

さなかはそれから目が離せない。

これは。この記述は。

「つまり……こうか」

ザッと枝が走り、止まる。地面には一行の数字があった。

f = 3.323018

それは。

〝友人定数〟だった。

さなかの目が半分よりも少しだけ開く。

黒い魔法使いは、さなかが苦悩の末に出した答えに、ものの二十秒で辿り着いていた。

「そうかぁ……。君はこの式と定数を考えたわけか」

「そうです…………あなたは、いったい……」

「魔法使いだってば」

「魔法で計算したんですか？」

「いや？　これくらいは頭でね。ただこの式だと〝無限〟が出るな……」

魔法使いが式に目を落とす。

「なるほど、君の悩みが大体解ってきたよ。君は友人を亡くした。そのことに君の心は大きく揺さぶられている。だがその感情を数値化して式に代入した時、計算結果が破綻する。オーバーフローが現れる。解に〝無限〟が加わってしまう」

さなかは現状を看破され、驚きながらも頷いた。

魔法使いは続ける。

「君はこう考えている。解が得られない理由は一つ。君の感情が間違っているか、もしくは式が間違っているか。そして君の論理的思考は式を信じている。だが君の感情的思考は気持ちを信じている。だからその間で悩んでいる。迷っている」

さなかは頷くと、そのまま下を向いた。

魔法使いは持っていた枝をポトリと捨てた。

「結論から言おうか」

さなかが顔を上げる。

魔法使いは漆黒のマントをバサリと振った。

マントの裾に砂が払われ、さなかの書いた〝友人方程式〟は綺麗にさらわれてしまう。

「間違っているのは式だ」

「そんな、ことが」

「君はね、〝友達〟というものを誤解しているんだ。式を書いたのが良い例だよ。君は〝友達〟を本質的に勘違いしている。友達とは何かが解ってない」

「あなたには………解るんですか」

「解るよ。簡単な、とても簡単なことだからね。君、名前は？」

さなかは、自分の名前を告げた。

「さなか。うん。とても良い名前だ。両親が君に込めた願いを感じる。

さなか。君に教えよう。

〝友達とは何か〟

〝友達はなぜ必要か〟

そして〝友達は作れるか〟

その答えを教えよう。

それは親にも、先生にも教わることのできない、きっと僕にしか教えられないことなんだ。なぜかって？　だって僕は魔法使いなんだからね」

5

「さなか、君は魔法を信じるかい？」

「今は信じていません」

「なぜ?」

「見たことがないからです」

「うん。正しい。じゃあ今から君に、魔法を見せよう」

魔法使いのマントが音をたてて翻った。

両腕が巨大な鳥の羽のように広がる。長袖に手袋で指の先まで真っ黒な、大きな大きなカラスの翼。魔法使いはその羽をゆっくりと戻すと、胸の前で、手を形作った。

魔法使いはさなかに、親指がツツツと離れる手品を見せた。

さなかは蹴った。リリカルリザクラ直伝のリリカルローキックが冴え渡る。魔法とか超越したその威力に魔法使いは蹲《うずくま》った。

「さなか……人を無闇に蹴ってはいけない……」

「蹴ってもいい人間がこの世には存在します」

「そんな人はいない。人はみんな幸せになる権利があるんだ」

「薄汚い口で話しかけないで下さい豚野郎」

「言葉が汚いですよ!?」

魔法使いは不屈の精神で立ち上がった。が、やっぱり足が痛くてベンチに座った。

しょうがないのでさなかも隣に座る。

「はやく進めてもらえませんか」

「せっかちな子だなぁ……。まぁいいよ。さて今、君に魔法を見せたわけだけど」

さなかはイラッとした。

「イラッとしないでくれよ。理不尽だな」

「どこが理不尽だというんです」

「理不尽さ」

魔法使いは手でもう一度手品の形を作ると、言った。

「だって君は〝僕の親指が魔法で離れたのではない〟と証明できない」

さなかがキョトンとする。

「それは……」

「そうだろう？　僕は今魔法で親指を切断してから、魔法でまたくっつけたのかもしれない。君はそれをあり得ないと断定できないはずだ。何故《なぜ》なら今存在の是非を問われているのは〝魔法〟だからさ。魔法ならあり得ると言ってしまえば、魔法の不在を証明することはとても難しい。無理とは言わないけどね」

「それは詭弁《きべん》です。〝悪魔の証明〟と同じです」

「そう。まさにそうだ。悪魔の存在を証明するより、悪魔の不在を証明する方が圧倒的に難しい。存在を証明したければ悪魔を一匹捕まえればいい。しかし不在を証明するにはどうすればいい？　世界中を、宇宙中を全て巡ってから「居ませんでした」と言えばいいのかい？　それでも〝悪魔に姿を隠す能力がある〟とでも言ってしまえばそれまでだ。悪魔の不在を証明するのは事実上不可能に近い。これが何を意味するのか。解るかい、さなか」

「？」

「だから悪魔は素晴らしいんだ。悪魔の不在証明はとても難しい。検証しなければならないことが多過ぎるからだ。言ってしまえば無限に近い。僕たちは悪魔について、そして魔法について、あらゆることを想像できる。あらゆることを仮定できる。悪魔は、魔法は、無限のエレメントを内包しているんだよ。ではさなか。なぜ悪魔が、魔法が、無限なのか。答えられるかい？」

「それは、その二つが非論理的な存在だからです。論理の外にあるからこそ、論理の通用しない物全てを包括することができる……」

さなかの口が「あ」と小さく開いた。

魔法使いは、黒いグラスの下でニコリと笑った。

「正解だ。そして、僕らはもう知っているね。悪魔なんかを仮定しなくても、魔法なんかを想像しなくても、誰もが知っていて、誰もが持っている、とても普遍的で非論理的で反利害的で超経済的な存在を。僕らはもう知っているはずだよ」

さなかは呟いた。

「〝友達〟」

魔法使いは頷いた。

「いいかい、さなか。〝友達〟はね、そもそもが論理的に証明できない存在なんだ。もちろん今は無理でも未来になればできるのかもしれないけど。でも現在の僕らは友達を語り尽くせる言葉を、数式を、概念を持っていない。友達というのはね、人智を超えた存在なんだよ。

問：〝友達とは何か〟

答え：非論理的で反利害的で超経済的な、人の理解を超えた存在。

問：〝なぜ友達が必要か〟

答え：人が無限の世界を手にするため。だよ」

黒い魔法使いは、もう一度微笑んだ。

6

「友達のいる人生はとても豊かだ。当たり前の事を言うけれど、《豊か》というのは《数が多い》という意味なんだよ。何も難しいことはない。豊かさを表現するには単純に多寡を数えればいい。友達一人より二人が《豊か》。一〇〇人より一人と深い絆《きずな》を結べるなら、その精神的な達成量で《豊か》。なにより友達は、たった一人でも無限を内包する存在だ。これより豊かなことなどそうはない。もう一度言おう。友達のいる人生はとても豊かだ」

「豊か……」

さなかは今まで意味を捉えられなかった新しい言葉を咀嚼《そしゃく》した。

「さなか」

魔法使いがさなかに向く。

「君は友達を失った」

さなかは頷く。

「質問しよう。君にはこれから先に、新しい友達ができると思うかい？」

さなかは。

すぐには答えられなかった。

この先に新しい友達ができるのか、できないのか。さなかは考えた。しかし今のさなかには上手く答えられない。ただ魔法使いが、できそう・できなさそうというような曖昧な答えを求めているのではないのだけはわかっている。

「わかりません」

さなかは素直な言葉を口にする。

「正解だよ、さなか」

魔法使いは満足げに頷いた。

「さっきも言った通り、友達は人智を超えた存在だ。僕も君も、まだ友達の事を何も解っていない。だから自分の意志や技術、方法論で友達を作ることはできない。今僕らが友達を欲したとしても、僕たちには何もできない。ただただ、友達と出逢う〝運命〟を信じるしかない。〝神様〟なんていうものに祈るしかないんだ。僕は君に教えると言った。本当の事を教えると言った。だから隠さずに言おう。真実を言おう。それがどんなに残酷だとしても。

問．〝友達は作れるか〟

答え。作れない」

魔法使いの淡々とした言葉が、一つ一つ、さなかの頭にしみていく。

「魔法を使っても、友達は作れない」

さなかの半開きの目から。

涙が一滴こぼれた。

黒い魔法使いは何も言わずに、真っ暗な池をじっと見つめていた。

7

深夜の公園に、静寂の時間が流れた。

公園の時計の針は〇時四十五分を指している。

さなかの涙が乾くのを待ってから、魔法使いは口は開いた。

「魔法ってなんだと思う？」

さなかは少し考えてから答えた。

「人の力では成し得ないような、超常的な現象を引き起こす力、でしょうか」

魔法使いが首を振る。

「それは不正解だね。だって僕は普通の人間だもの。人の力で成し得ない、というのは間違い。魔法は人の力で行うものさ」

「では魔法とはなんなのですが？」

「魔法というのはね、単なる〝技術〟なんだ。この世には、多くの人間が気付いていない摂理、法則、因果、パターン、メカニズムが存在する。魔法使いはそれらに気付いて、勉強して、使えるようになった人間の事だ。だから魔法は、覚えれば誰にでも使えるようになる。また理屈を知らない人には超常現象にしか見えない。そしてここが重要なポイントなんだけど。魔法使いはそれらを教えない。広めない。啓蒙《けいもう》しない。それが魔法使いと科学者の唯一の違い。人類にとって画期的な発見を隠匿し隠蔽し秘匿する人々、それが魔法使いなんだ。というわけで、魔法使いなんて偉そうに言っても、要はただの秘密主義者なんだよね。まぁ秘匿すること自体にも魔法的な意味が発生するからやむを得ない部分もあるんだけど……」

「つまり私が質問をしても、何も教えてはくれないんですね」

「まぁそういうことだね。魔法使いの基本的な原理に則って、君に魔法を教えてあげることはできない」

　さなかは舌打ちした。

「舌打ちしないでくれよっ！　良くないよ!?　小さい頃からそういう癖が付くと良くないよ!?」

「この豚魔法」

「言葉の意味はよく解らないがとにかく凄い罵倒だ!!」

魔法使いはつっこんだ勢いで立ち上がったが、さっき蹴られた足が痛くてまた座った。

「痛いよ……」

「じゃあぶひぃぶひぃと鳴いて下さい」

「じゃあじゃない！　脈絡のない暴言はやめて下さい!!」

「早く」

「やめてくれない!!」

さなかは冷たい目で魔法使いを見据えた。

魔法使いはさなかの視線に堪えかねて、しばらく逡巡《しゅんじゅん》した後、小さな声でぶひぃ、ぶひぃぶひぃと呟いた。

「二回で良かったのに……」

「君は餓鬼畜生だなぁ!!」

「でもなかなかいい豚の真似でしたから、話を進めてもいいですよ」

さなかは上から言った。

魔法使いは見えているのか見えていないのかよくわからないグラスを指で直して、気を取り直す。

「話を戻すとだね…………ええと、さっきも言ったけど、僕は君に魔法を教えられない。ただ」

「ただ？」

「魔法の原理に純粋に照らすなら、魔法的にはこの出逢いにも意味が発生していると考える。これは勘も多分に含まれる話なんだけど……君は僕がこれまで出逢ってきた人の中でもかなり特殊な部類に入る。そーとー珍しい子供だ。そして僕の勘は、この出逢いがある一つの可能性、特別なポイント、世界のシンギュラリティに繋《つな》がるのかもしれないと告げている。だから」

魔法使いは人差し指を立てた。

「君に魔法を見せよう。教えることはできない。でも一つだけ、たった一つだけ見せるよ。まぁ簡単なやつだけど。いや他の魔法使いには難しい魔法なのかもしれない。でも僕にとっては簡単だ。なにせ僕はこの世界で十指、いや五指に入るだろう、至高の大魔法使いなんだからね」

「大魔法使い…………《どうてい》」

「無茶すんな!!」

魔法使いは律儀につっこんだ後、立ち上がってベンチの前をウロウロし始めた。

そうしてしばらく地面を吟味した後、平らな所を見つけて、細かい砂利をマントでバサバサと払いのける。

「うん」

魔法使いは手招きしてさなかを呼び寄せた。

さなかが歩み寄ると、彼はマントの下をガサゴソと漁り、懐から一本の花を取り出した。

「百合、ですか？」

それは一本の茎に三輪の小振りな花を付けた、白い百合だった。

「そう、百合。別になんでもない普通の百合。どれくらい普通かっていうと、吉祥寺駅のショッピングモールの花屋で買っただけというくらい普通の百合さ。君にも同じ物が買える。あの花屋にいけばね。ただし先に一つだけ教えておこう。百合の花には、この世の大多数の人間が気付いていない魔法的な意味が備わっている」

魔法使いはその百合を姫に傅《かしず》く騎士のように恭しく差し出した。

さなかが百合を受け取る。

魔法使いは再び懐を漁った。次に取り出したのは一本の蠟燭《ろうそく》だった。別に大きくも小さくもない、その辺で売っていそうな普通の蠟燭。

「これも？」

「そう。駅前のスーパーで買った蠟燭だよ。既製品の量産品さ。だけど、蠟燭にも君達の知らない魔法的な意味がある。魔法で扱う法則や摂理はね、フィジカルな要素より、コンセプチュアルな要素で構成されてる事が多いんだ。だから自然物や人工物という区別はあまり関係がない。世界のあらゆるものに、あらゆる場所に、あらゆる事象に魔法の力は存在する。では始めよう」

魔法使いは腰を屈めると、指で地面に文字を書き始めた。さなかには読めなかった。それはさなかが見たこともない不思議な文字だった。

それほど多くない文字数で、一文をくるりと円の形に書き上げる。魔法使いはライターで蠟燭に火を付けると、円の中心に蠟を二、三滴垂らして蠟燭を立てた。

「百合と蠟燭が揃った。そして今夜はおあつらえ向きに新月だ。これだけ揃えば、魔法はもう誰にでもできる。さぁさなか。やってみよう。君の協力が必要だ」

「どうすればいいのですか」

「百合の花びらを、外側から一枚取るんだ」

さなかは言われた通りに花びらを一枚摘んだ。

「それをこの蠟燭の火で燃す」

さなかはしゃがみこんで、火に花びらをかざした。魔法使いも並んでかがむ。

花びらが燃えていく。

端からだんだんと黒く燃え落ちて、熱くなり、さなかは花びらを落とした。

「いいよ。持てなくなったら離してしまっていい。でもなるべくこの輪の中に落とすんだ。さ、続けて」

さなかは外側の花びらをもう一枚摘む。

燃やす。

落とす。

一枚摘む。

燃やす。

落とす。

「これはいったいどういう」

「解らないよね。でもいいんだ。君には解らなくていい。でも解らなくてもいいから、ニュートラルな気持ちを保ってくれ。無意味だと思っちゃ駄目だ。意味があるとも思っちゃ駄目だ。どっちにもぶれずに、真っ直ぐに、ただ真っ直ぐに続けるんだ。それが一番〝近く〟て、一番〝中《なか》〟だから」

「中？」

「真理は両端じゃなく中央にある。表面ではなく中心にある。今は気にしないでいい。君は何も考えずに、花びらを黙々と燃やしなさい」

さなかは頷いて、花びらを摘んだ。

四枚。

五枚。

六枚。

九枚。

十枚。

十一枚。

十四枚。

十五枚。

十六枚。


そうして、十七枚目の花びらに火を付けた時だった。

火が広がり、百合の花びらが燃え落ちる。

するとその後、蠟燭の火の上に、小さな光点が一粒浮かび上がった。クリーム色の光を弱々しく放つ点が、フワフワと移動を始める。さなかはその光粒に手を伸ばす。

光はゆっくりと飛び、さなかの人差し指の先に止まった。

「……蛍？」

さなかが顔を近付けて呟く。

淡い光を放つ一匹の蛍が、指の先に止まっていた。

生まれたね、と魔法使いが言った。

「この蛍はどこから……」

とさなかが聞き終わる前に、蛍はさなかの指を離れてまた飛び始める。

蛍はぼんやりと光りながら、ゆっくり、ゆっくりと飛んでいく。

「さなか」

魔法使いが、さなかを見下ろす。

「ここからは少しだけ難しい。いいかい、さなか。君は今からあの光についていくんだ。大丈夫。飛ぶ速度はそんなに速くないから、歩いてでもついていける。飛んでいく蛍の光を見失わないように、ずっとずっとついていけばいい。ただし一つだけ覚えておくんだ。やめてはいけない。ついていくのをやめてはいけない。ずっと、ずっとついていくんだよ。何もなくても。何があっても。いいね、さなか」

黒い魔法使いは、願うように言った。

さなかはこくりと頷いて、飛んでいく蛍の光を見据えて、歩き出した。

公園の時計の針が、一時ちょうどを指していた。


蛍は公園の道に沿って、木々の落とした影の中を飛んでいく。

魔法使いの言っていた通り、速度はそんなには速くない。さなかが普通に歩くよりも少し遅いくらいのペースで蛍は飛び続けた。

道が井の頭池に沿って左に曲がっていく。

蛍もそれに沿って左に飛んでいく。

さなかは井の頭池の周りを、反時計回りに進んでいた。

閉店した売店の前を通る。

入り口の閉まった神社の前を通る。

夜中の公園は人影一つ無い。

街の音も聞こえない。

蛍はさなかを導いて飛び続けた。

池の周りをぐるりと回って、さっきまで魔法使いと一緒に居た場所の対岸に辿り着く。さなかは向こう岸を眺めた。しかし暗くて魔法使いの姿は見えなかった。蛍はなおも飛び続けた。

さなかは池の東端まで辿り着いた。池はここから神田川に流れ込んでいる。しかし蛍は川の方へは行かず、小橋を渡り、池の縁を嘗めるようにぐるりと飛んでいく。さなかも後に続く。このまま歩いていくと、井の頭池を一周して元の場所に戻ってしまう。

蛍は予想通りに飛び続けて、池を一周した。さなかはスタートした場所に戻ってきた。

だがそこに、魔法使いの姿は無かった。

さっき立てた蠟燭も、地面に書いた文字も無い。魔法使いは忽然《こつぜん》と消えていた。

さなかは携帯の時計を見た。時刻は一時四〇分。一周するのに大体四〇分かかっている。その間にどこかに行ったのだろうか。どこに行ったのだろうか。もう戻ってはこないのだろうか。

さなかが考えながら歩みを緩める。

しかし蛍は、まだ飛び続けていた。魔法使いが居たベンチの前を通り過ぎ、今までと変わらぬ速度で進み続けた。さなかは一瞬迷った後に、足取りを速めて、再び蛍の後を追った。


さなかは疲労していた。

蛍はずっと飛んでいる。井の頭池の周りをもう何周も飛び続けている。正確には五周目に入っていて、時間にするともう三時間以上が経っていた。さなかはそれだけの時間を、蛍を追ってずっと歩き続けている。

それに、奇妙だった。

誰にも出会わない。夜中の公園に人が居ないのは当然だが、それにしても居なさ過ぎる。三時間歩き続けて一人も見かけないというのは異常だった。さなかは携帯の時計を見る。もう朝の四時になる。そろそろ空も白み始めるだろう。明るくなったら蛍が見えなくなるかもしれないという小さな不安が生まれた。さなかは蛍との距離を少し縮めて、光を見失わないように努めた。

奇妙だった

あまりにも奇妙だった。

さなかは携帯を見る。時計は八時過ぎを示している。もうこの池の周りを七時間以上、十一周も回り続けている。

だがしかし、蛍の弱々しい光は依然としてさなかの前にあった。

公園の闇の中で光を放ち続けていた。

夜が明けていない。

朝の八時のはずなのに、夜が明けていない。

なぜ夜が明けないのか。

なぜ太陽が昇らないのか。

さなかにはわからない。

こんなことは常識的に有り得ない。

だが現実に夜は続いていた。

終わらない夜が続いていた。

さなかは、思う。

もしかすると。

ここはもう、魔法の領域なのかもしれない。

ひょっとしたらもう、外には出られないのかもしれない。

実は私は悪い魔法使いに騙《だま》されていて、この池の周りを延々と歩き続ける呪いをかけられたのかもしれない。

だとしたら。

だとしたら、私は
このまま

——ついていくのをやめてはいけない。

ずっと、ずっとついていくんだよ。

何もなくても。何があっても——


さなかの頭に、黒い魔法使いの言葉がよぎる。

そうだ。

約束したのだ。ついていくと。

何もなくても。何があっても。

こういう約束は破ってはいけないことを、さなかは知っていた。

それは本から学んだ事。

物語から学んだこと。

まほうつかいパピユーが教えてくれた、お話の約束だった。

さなかは顔を上げて十二周目を歩き出した。歩き始めてから八時間。さなかの足はもう限界だった。だがそれは、さなかの時が永遠に囚われていないことの証《あかし》でもあった。

飛び続ける蛍を追う。

この先に何が待っているのか、さなかにはわからない。

なぜならこれは魔法だから。

魔法には無限の可能性が秘められているのだから。

さなかは〝無限〟のことを考えながら、蛍を追い続けた。

〝無限〟であるはずの〝無限〟は。

小さなさなかの頭の中に、確かにあった。


そして。

時計は九時を指す。

十二周目を廻《まわ》り、十二回目のスタート地点に戻ろうしたさなかの目に、うすぼんやりと照らされた、黒い影が見えた。

スタート地点に待っていたのは。

居なくなったはずの、黒い魔法使いだった。

「おかえり」

まだ少し遠い距離で、魔法使いは言った。

「よく帰ってきたね、さなか。迷いの道は長くて辛かっただろう。でも、もう大丈夫。君はもう迷わない。迷いの道を抜けた君は〝モノの見方〟を手に入れた。君はもう、世界の本当の見方を知っている」

さなかは重い足で近付いていく。

近付くに連れて、それが見えてきた。

魔法使いの足下を不思議な光が照らしている。膝下くらいまである淡い光の盛り上がりが、側に立つ魔法使いをフットライトのようにぼんやりと照らしていた。

それは、さなかがずっと追ってきたのと同じ光。たくさん集まって光る、蛍の小山だった。

さなかを導いてきた蛍がツィと飛び、その小山に降りた。そして他の蛍と混ざってしまい、もうどれか判らなくなった。

さなかは、その光の丘に歩み寄った。

さなかが近付くのを感じて、集まっていた蛍が飛び始める。

光の丘がふわりと広がり、光の雪になった。

光の雪は、重力に逆らって空に落ちていった。

拡散した光の後には、一人の少女が横たわっていた。

さなかはその少女を見下ろした。

少女の横に座り込む。

「りざくらさん」

さなかは呟いた。

「りざくらさん」

さなかの手が、頬に伸びる。

温《ぬく》もりがある。

あの日と同じ格好の理桜が、小さな寝息を立てて眠っていた。

「簡単な魔法だよ」

黒い魔法使いが言う。

「《人を生き返らせる魔法》。それはもちろん数ある魔法の中でも最上級に位置する、とてもとても難しい魔法なのだけど。でも僕には簡単だ。世界で五指に入る大魔法使いの僕にはあまりに易しくて造作ない、小さな小さな魔法だよ。まさに朝飯前さ。ちょっと夜が長引いたから実際朝飯前だろう？」

魔法使いが夜空を見上げる。

「でも。こんなに凄い魔法使いの僕でも、あらゆる魔術に精通した大魔法使いの僕でも、魔法で友達を作ることはできない。友達がほしければ、手を合わせて祈るしかない。友達と逢会う〝運命〟を信じるしかない。友達との出逢いは、奇跡だ」

黒い魔法使いは、優しく微笑んだ。

「だから友達は素晴らしいんだ」

Ⅶ. Perfect friend

1

職員室の扉は、子供にとって特別な意味を持っている。

職員室、それは小学校という子供だけの世界の中に存在する、大人が支配する世界。つまり魔界だ。その扉は言うなれば異世界への入り口であり、中に入るには異界の瘴気《しょうき》に対抗する力が必要になる。弱い子供は扉をノックするだけで死ぬだろう。だが子供も高学年になるに連れてレベルが高まってくるので、だんだんと職員室の放つ瘴気への耐性を獲得していく。六年生くらいになると割と簡単に入れるようになる。これを魔界の言葉では慣れという。

その日、三人の少女は魔界ゲートの前で、異世界に行ってしまった友達の帰還を待っていた。

がらりとゲートが開く。

「どうだった⁉　怒られた⁉」

待っていたうちの一人、ややや が駆け寄って聞いた。

柊子も心配そうな顔で駆け寄る（柊子は日常の四割くらいを心配そうな顔で過ごしている）。

さなかは半開きの目で、別に駆け寄らず歩いて寄った。

「別に怒られやしないわよ……私だって何が起きたんだかさっぱり解らないんだから」

生き返った理桜は、面倒くさそうに答えた。

2

「だから本当になんにも覚えてないんだってば……」

理桜はもう一度面倒くさそうに言って、手をヒラヒラと振った。

放課後の四年一組の後ろの席。四人はそれぞれの定位置に座って、先日起こったあまりにも摩訶不思議《まかふしぎ》な事件の話を聞いていた。

「だって起きたら夜の公園でさなかが居るじゃない？　池に落ちたのはぼんやり覚えてたから、ああ誰かに助けてもらったのかなぁとか思ったら……。いつのまにか一週間以上経ってるわ、お葬式終わっただわ、ていうか火葬しただわ言われて大混乱よもう……。怒る人もいるしさぁ。知らないっての！　私のせいじゃないっての！」

「魔法だよっ！　魔法で生き返ったんだよ！」

叫んだのは柊子だった。ややや見紛うほどに興奮する柊子に理桜はちょっと引いた。

「魔法は無いわー」

「じゃあ理桜ちゃんどう説明するの？　死んじゃって燃やしちゃったのに生き返ったんだよ？　クラス委員としてどう説明するの？」

「う……」

「だから魔法はあるんだよ！　で、で、理桜ちゃん。魔法使いってどんなだった？かっこよかった？　パピューに似てた？　乳製品飛ばした？」

「私は見てないわよ。起きた時にはもう居なかったもん」

「理桜ちゃんの役立たず!!」

柊子の非常に珍しい罵声を浴びて、理桜は深く傷ついた。

「もういいもん、さなかちゃんに聞くから。ねぇねぇねぇさなかちゃん、魔法使いってどんな人だった？　かっこよかった？　エレガントだった？　最高だった？」

「豚でした」

「え……ぶ…………あ、あの……太ってた、の？」

「違います。心が豚だったんです。私に向かってぶひぃ、ぶひぃぶひぃと鳴きました」

柊子は机に突っ伏してすすり泣いた。

「あと童貞でした」

「え？　どうていって？」

理桜がさなかを引っぱたく。

「ひぃに変なこと教えないで!!」

「理桜ちゃん、どうていって何？」

「知らなくていいの!!」

「魔法使いのことです」さなかが適当に言う。

「へぇー……さなかちゃん難しい言葉知ってるんだねぇ……」（この夜、柊子はお父さんに「私の友達がどうていに会ったんだって。私も会いたかったなぁ。私どうてい

大好き」と言った。お父さんは泣いた）

「でぼんどによがっだよぉ～」

　ややや《》が鼻水をずるずるとすすりながら言う。

「もう泣かないでよ、ややや」

「だっで、だっでもう、りざうあちゃんに会えないかとおぼったぼん～……」

「ややや……」

　理桜の鼻がツンとする。目頭が少し熱くなった。

「うん、そうだね………ありがと、ややや」

「おぼったぼんをオボッタ本と書くとオボッタというキャラメインの同人誌みたいになりますよね」

「今このタイミングでそれを言う必要があるの!?　ねぇあるの!?」

「ありませんにゃー」

　理桜がさなかをもう一度引っぱたく。手につっこみの感覚が広がる。ああなんと叩きやすい頭だろうと思う。一週間も経ったと言われても何の実感もなかったが、確かに今の感触は少しだけ久しぶりな気がすると理桜は思った。

3

夕方になり、四人は家路についた。

ややや《や》と柊子が先に別れ、さなかと理桜も互いの分かれ道までやってくる。

じゃあね、と言って理桜は自分の家の方に歩き出す。が、そこで裾を引っ張られて立ち止まる。

「理桜さん」

「何よ」

「今から理桜さんの家に行ってもいいですか」

「は？」理桜はキョトンとする。「え、なんで急に。ていうかもう遅いじゃん。うちこのあと夕飯なんだけど……」

「ご馳走《ちそう》になってもいいですか」

さなかはずうずうしく言った。

「……何？　あんた夕飯無いの？　お母さんが留守とか？」

「そのようなものです」

「たく……。ならもうちょっと早く言ってよね」

理桜は携帯で家に電話をすると、さなかを連れて行って良いかと許可を取った。

4

理桜の家は少し古い感じのマンションだった。

家では理桜の両親がさなかを出迎えてくれた。理桜は、自分が池に落ちたときに一緒にいた友達だ、あの日の夜もこの子が一緒にいてくれた、と説明する。理桜の両親は小学生のさなかに丁寧に礼を言った。

それから両親と理桜とさなかの四人で食卓を囲んだ。夕食は天ぷらだった。さなかはいつもの調子で話し、理桜もいつもの調子で叩いた。食事が終わる頃、理桜の母親は少しだけ泣いた。それは愛娘《まなむすめ》の元気な姿を再び見られることへの感謝の涙だった。

5

食事を終えて、二人は理桜の部屋に来た。

理桜の部屋はさなかの部屋と違ってすっきりと片付いている。理桜はさなかにクッションをすすめて、自分は椅子に座って足を組んだ。

「ごちそうさまでした」さなかが儀礼的に礼を言う。

「お粗末様。で？」

「で、と言いますと」

「あのねぇ……。バカにしないでくれる？」理桜は足を抱えた。「何か用があって来たんでしょう？　それぐらい判るわよ」

「判るんですか」

「一学期中一緒にいんのよ？」

理桜は早く言えとばかりにヒラヒラと手を振る。

「私の用事は、もう終わりました」

「終わった？　なんだったの？」

「それは……」

さなかは口籠もった。

「何よ。私には言えない話なの？」

「言えないわけではないのですが……」さなかは少し間を置いて言う。「もしかすると理桜さんが怒るかもしれない話なのです」

「うん？」

理桜はキョトンとする。珍しい事態だった。さなかが人の反応を気にして口籠もるなんて初めてかもしれない。

「あんたが私の機嫌を考えられるなんて……。ちょっとは大人になったってことかしら。嬉しいわよ、私は」

「ですから話さないでおこうかと」

「あのねぇ。今更でしょ。良いからさっさと言いなさい。そもそもあんたから嬉しい話を聞いたことなんて一度も無いわ」

「理桜さんが喜ぶ話もしましょうか」

「やってみなさいよ」

「吉祥寺の魔法使いはとても良い豚でした」

「それのどこが私の喜ぶ話なの……」

「理桜さんはドSですし……」

「勝手な設定を足すな!!」

さなかを引っぱたきそうになった手をギリギリの所で止める理桜。

「くっ……！」罠《わな》だった。ここで叩いたらドSだと認めるようなもの。プルプル震える理桜。それを見てニタリと笑うさなか。引っぱたいた。耐え切れなかった。

「理桜さんはドS……」

「そうよっ!!」理桜は叫んだ。眼鏡を取ったら実はドS・コズミッククラス委員リリカルリザクラマルキ・ド・サドーの誕生であった（三期開始）。

「そしてまだこれから私を怒らせるような話が続くわけね……」理桜はうっへりした。

「すみません」

「はいはい。じゃあ始めてちょうだい。もう遅いんだからさ」

理桜はもう一度手を振った。

さなかは、半開きの目で虚空を見た。

「理桜さん」

「うん」

「私は、魔法使いに会いました」

「ええ。大体聞いたけど」

「その黒い魔法使いは、私に教えてくれました。悪魔や魔法、そして友達の存在によって、人は非論理的なものを認めることができる。仮定することができる。考えることができる。友達という非論理的な存在の力で、人の思考は無限の広がりを得ることができるのだと」

理桜は頷いた。その話は既にさなかから一度聞いている。

「私が彼から教わったこと。それはモノの見方と考え方。世界の正しい捉え方。世界は信じるものではなく、また疑うものでもない。全てを有《あ》りの儘《まま》に、論理的な事も非論理的な事も、別け隔てなく包括して、あらゆる物をあらゆる方向からあらゆる方法で考えること。それが今回の不思議な事件で私が学んだ、一番大切なことだと思うのです。だから私は、この不思議な事件も正しく捉えたい。曇りのない眼で捉えたい」

言ってさなかは手を伸ばすと、理桜の手を取った。

「ちょっ、なっ、なに⁉」

理桜の頬が赤くなる。友達とはいえ手を握ることなどほとんど無い。

さなかは理桜の存在を確かめるように、手を握った。

「一度死んだ理桜さんが、火葬され、灰になり、そして魔法で生き返りました」

「う、うん……」

「でも、そうではないのかもしれない」

「え？」

「理桜さんは魔法で生き返ったのかもしれない。でも理桜さんは魔法で生き返ったのではないのかもしれない」

「……どういうこと？」

さなかは手を離すと、半開きの目で理桜を見た。

「考えられる可能性の一つ。無限の選択肢の中の一つ。私が有りの儘に捉えた、世界のもう一つの見方をお話しします」

6

「灰になった理桜さんを生き返らせるには、魔法しかありません。灰になっていなくても、死んでしまった人間を生き返らせることはできません。それにはやはり魔法しかありません」

さなかは当たり前と思えるような事を言った。理桜は頷く。

「そりゃそうでしょう……」

「でも理桜さんはこうしてここに居る。生きている」

「うん」

「つまりこう考えることもできます。理桜さんは灰になっていなかった。そもそも理桜さんは死んでいなかった」

「う、ん？」

理桜は、戸惑いながらも頭を回した。さなかが何を話そうとしているのかを考えた。さなかは、可能性の一つを話すと言った。

つまりそれは。

魔法でない可能性。

理桜の復活が魔法によるものではない可能性を、さなかは話そうとしている。

「一度死んでしまえば、人は魔法無しに生き返ることはできません。ですから理桜さんには生きていてもらわなければなりません。結果から逆算して考えます。まず火葬は行われていないことになります。私は理桜さんの遺体が出棺する所までしか見ていませんが、きっと車は火葬場には行っていないのでしょう。理桜さんの遺体、いえ、生きていた理桜さんはどこかに運ばれて、薬か何かでずっと眠らされていたのではないでしょうか。そう、理桜さんは生きていた。ずっと生きていた。葬儀の間もずっと眠っていただけなのです」

「ちょ……ちょっと待ってよ！」理桜が話を止める。「え、だってそんな……そんなことできるわけが……葬儀も火葬も嘘でなんてやれるわけがないじゃない。そもそも父さんも母さんもいるのに……」

「ですから、理桜さんのお父さんとお母さんがやったのです」

理桜が目を剝《む》いて止まる。

この子はいったい何を言っているのか。

「葬儀にも火葬にも手続きと作業が必要になります。死亡届を出し、業者を手配し、式を済ませ、出棺する。これらの全ての工程を、理桜さんを生かしたままで行おうとしたら、綿密な準備が不可欠です。協力者も必要になるでしょう。ですが何より重要なのがご両親です。ご両親の協力なくしては、この偽装は成り立たない。私が今日理桜さんの家にお邪魔したのは、ご両親に一度お会いしたかったからなのです。お会いできれば、仮説を補強するような新しい情報が手に入るかもしれないと思ったからです」

「ま、待ってよ!!　なんで父さんと母さんが!!　なんで!?」

「わかりません」

「わからないってあんた……！」

理桜はそこでハッと思い出した。さなかがさっき言っていた、私を怒らせる話というのはこれか。

「わかりませんが、しかし理桜さんのご両親を協力者と見なさないと、この可能性は成り立たないのです」

さなかは表情を崩さすに言った。

そしてその言葉に理桜は引っ掛かった。

「……協力者？」

「はい」

「協力者ってつまり、うちの両親以外にも誰か別な人間がいるってこと？」

「むしろその人間が、目的のために理桜さんの両親の協力を取り付けたのではないかと考えています」

「それって……」

「【吉祥寺の魔法使い】です」

さなかはきっぱりと言い切った。

理桜は戸惑う。さなかの話がどこに向かっているのか見えない。だがまだ話の途中であることは理桜にも解る。両親が絡んでいると言われ、そもそも自分自身が死んだと偽装されたというこの不可思議な事件の話がいったいどこに向かうのか。

「……続けて？」

理桜は聞くしか無かった。

7

「もし葬儀が〝偽装〟となると、今度はその前段階に疑惑が生まれます。理桜さんの事故です。そもそも理桜さんの死亡事故がなければ葬儀も火葬も関係ない。まず理桜さんに死んでいただかない事には何も始まりません。つまり、あの事故もまた〝偽装〟であるということです。これも逆から考えていくと良いと思います。理桜さんは溺れて病院に担ぎ込まれた。きっと病院でも幾つかの仕込みが存在したはずです。ですが既にご両親が協力者だという仮定もありますから、ここで新たに医師が協力者だと仮定してもいい。ですから病院での偽装作業はそれほど難しくないと思います。むしろコントロールが必要なのはその前。理桜さんが溺れた時でしょう。なぜなら理桜さんが本当に死んでしまってはいけないからです。そうなれば全てが台無しになってしまう。ですからそのコントロールができる人間も間違いなく協力者です。そう、理桜さんを救助した男性もまた協力者なんです」

理桜は眉根を寄せる。さなかの話はどんどん飛躍していく。

「その……じゃあ私を助けてくれた人は、私たちを付け回して、私が足を滑らせて池に落ちるのをずっと待ってたっての？」

「待つ必要はありません。その人が突き落とせばいいんです」

理桜は絶句した。

「突き落としたら何食わぬ顔で道に戻ります。私が救助を求めて走り出た時に、一番近くにいたのがその男性なんです。理桜さんを落とした本人なら、一番近くにいるのは当たり前です。突き落とす、助ける、救命措置をする、運ぶ、全てがコントローラブルならば、作業はとても円滑に進む。こうして数多の周到な準備の元に、理桜さんは晴れて亡くなったのです。吉祥寺の魔法使いは、あの黒い魔法使いは、《死んだはずの理桜さん》を手に入れた。これで魔法使いは、理桜さんを魔法で生き返らせることができるようになりました。ここまでで半分です」

「半分？」

「そうです。理桜さんを生き返らせる魔法で半分。そしてもう半分。あの夜、彼が見せたもう一つの魔法についても言及しなければなりません。あのあまりにも不思議な現象。《夜を延ばす魔法》について」

8

さなかはポケットから紙を取り出して二人の前に広げた。

それは印刷された吉祥寺の地図だった。吉祥寺駅前一帯と井の頭公園が俯瞰《ふかん》で描かれている。

「あの日、日が昇ったのは結局午前九時半を回ってからでした。ですが魔法使いが去って、私と理桜さんが一緒に公園を出た時、世界は四時半だった。コンビニエンスストアの時計は四時半でした。駅前の時計も四時半でした。全ての時計が四時半を指していました。なのに私の携帯の時計だけが九時半を示していた。私の時間だけが五時間進んでいた。黒い魔法使いは、立ち去る前にこう説明しました。『君が歩いていたところは現実世界と位相がずれていて時間の流れ方が変わる』と。私が歩いていた誰もいない夜の公園は特殊な空間で、歩いている間に私の時計が、私の時間が、現実から五時間分ずれたのだと。魔法使いはそう説明したのです」

「それは……」理桜が頭を捻る。「流石《さすが》に、魔法じゃないと無理なんじゃ」

さなかが自分の携帯電話をポケットから取り出して置く。

「私が考えているのは、この携帯の時計を操作された可能性です」

「操作って……いつ？　あんたが池の周りを回っている間に時計をいじったってこと？　なんかこう……ハッキングとかそういうやつで？」

「それはありません」

さなかが地図に目を落とし、池の周りを指でなぞる。

「私は池の周りをずっと歩いていました。歩き出した時、携帯の時計は一時でした。それからは一周四十分のペースで池の周りを歩き続けたのです。つまり速度と周回から逆算すれば正確な時間が出てしまいます。私は合計十二周回りました。四十分の十二周で四八〇分。八時間です。歩き終えた時、携帯の時計は九時。こちらも八時間です。周回と時間の関係は間違っていない。もし外部の操作で時計だけ五時間も進めようとしたら、周回数が大きく減ってしまうはずです」

「だったら、いつ操作したのよ」

「あの日、私が意識的に時計を確認したのは家を出た後です。街並みの人通りを見て、時計を確認しました。〇時過ぎでした。この後には私は魔法使いと話し、一時に歩き始め、それから八時間歩きます。時計を五時間もずらせるようなタイミングはもうありません。つまりこの時点で、既に時計は操作されていたと考えます」

「家を出たときにもう？　いやでもそれだと……」

理桜はさなかの話に違和感を覚えた。さなかの理屈が正しいとすると引っ掛かるところがある。

「だって、〇時過ぎに時計見たんでしょ？　それが既に五時間進んでたとしたら……実際はまだ一九時過ぎってことじゃない。十九時過ぎの吉祥寺ってものすごい賑《にぎ》やかよ。そこで普通気付かない？　その時間は公園にだってまだ人居るし。深夜ならともかく、一九時に公園に誰も居ないってことは無いと思うんだけど……」

「そうですね」

さなかは地図上の駅前通りを指差しながら言う。

「あの時、街の人通りはまばらで車も少なく、店舗の営業も終わっていました。もちろん公園も、魔法使い以外の人間は居ませんでした。街も公園も間違いなく深夜に見えました。つまりそういうことなんです」

「え？」

理桜は聞き返した。さなかの言葉が何を指しているのか解らなかった。

「どういうこと？」

「街の、人通りを、まばらに、して、車も、少なく、して、店舗の、営業も、終わらせて、公園からも人を排除しておけば、吉祥寺に架空の深夜を作り出せる」

理桜が止まった。

今、この子は何かおかしいことを言ったと思った。

「この一帯の通行を規制してしまうんです。人や車の流入を意図的にコントロールする。加えて店舗に働きかけて閉店していただきます。さらに駅やビルに備え付けられているような公共の時計を全て五時間ずらしてしまいます。当然井の頭公園への人の出入りも規制します。これで『夜中の〇時』を作り出すことができる」

「ま、待って！ 待ってよ！」

理桜がさなかの話を遮る。頭を全開に巡らせる。そんなことが可能なのか。さなかの言っているようなことが本当に可能なのか。

本当にそんな大それた事をやろうとしたら、どれだけ大がかりな準備が必要になるか。交通規制のために許可を取らなきゃいけないし、人手も際限なく必要になるだろう。何よりお金がかかる。恐ろしい手間と莫大《ばくだい》なコストがかかるだろう。それは間違いない。

そこまで分析した理桜の頭は、同時に別な答えも弾き出していた。

コストをかければ可能なのだ。

コストをかけるだけで、《夜を延ばす》という不可能を可能にすることができる。

しかし。だがしかし。理桜の中の常識が、その解答の理解を阻害していた。

「そうよ……それに」

理桜が地図上のさなかの家を指差した。

「あの日って、あんたは別に井の頭公園に行くって決めてたわけじゃないんじゃないの？　たまたま気まぐれで公園に行っただけなんじゃないの？　だったら事前に準備なんてできないはず。あんたが用意した通行規制の中でウロウロしてくれる保証なんてどこにもないわ」

理桜は反論を試みた。それは理に適《かな》った反論だった。

だがさなかは地図の同じ場所を指差すと。

「私が気まぐれに反対に行ったら、通行規制のエリアごと、リアルタイムに移動すればいいのです」

さらに規模の大きな事を平然と言ってのけた。

「たとえば私に発信機のようなものを付けておけば、移動をリアルタイムである程度は把握できます。進行方向で目的地の予想もできるでしょう。そうして私が向かう方向を順番に規制していく。《〇時の空間》ごと移動していくのです。そして都合の良いポイントに到着したところで《イベント》が始まればいいのです。黒い魔法使いが登場すればいいのです。そこが舞台になります。そこがステージになります。そこで、理桜さん復活の大魔法《マジックショー》が始まるのです」

理桜は再び絶句する。

さなかの話は、もはや壮大なスケールになっていた。

いったいどれほど膨大なコストをかければ、さなかの言ったような事が実現できるというのだろうか。

さなかの語った《魔法でない可能性》は、あまりにも非現実的で、非論理的で、反利害的で、超経済的な。

まるで、魔法のような話なのだった。

「これが私の考えた、一つの可能性です。魔法というものを使わずに、現実的な方法で綿密に準備して、理桜さんの復活をあたかも魔法のように演出した。こういったことが現実に行われた可能性を、私は少なからず考えているのです。ですが……」

さなかが言い淀む。知らなければ気付けないであろう、さなかの細かな表情の変化を理桜は見てとった。

さなかは悩んでいた。

「こうして魔法を排除すると、魔法の代わりに別の謎が浮上してきます。それはきっともう理桜さんも気付いていると思いますが」

「………吉祥寺の魔法使いが、なんでそんなことをしたのか、つまり……」理桜はさなかの期待に応えた。「動機」

さなかが頷く。

「私が今説明した一連の内容は、全てがたった一つの目的に帰結しています。それは《私に魔法を見せるため》です。多くの協力者を使って理桜さんを事故死させたことも、莫大なコストをかけて街中を規制したことも、全てが《私》を中心に帰結しているのです。この大それたイベントは、最初から明らかに私だけを狙って行われています。それはいったいなぜ？　黒い魔法使いは、なぜそこまでして、私に魔法を見せようとしたのか。魔法を信じさせようとしたのか。それが魔法の代わりに残った大きな謎なのです。魔法使いの本当の目的は、いったい何なのか……」

さなかは視線を落とした。

それは本当に、さなかにも判らないことのようだった。

もちろん理桜もそれを考えた。しかし答えは出ない。魔法使いは何がしたかったのか。まるでひぃの読んでいる本にでも出てきそうな、答えのないなぞなぞだと思った。

「理桜さん」

さなかが顔を上げて理桜の目を真っ直ぐに見た。

「《たまたま事故で死んだ理桜さんを、たまたま通りがかった魔法使い《マジシャン》が生き返らせてくれた》のと、《謎の奇術師《マジシャン》が途方もない手間をかけて私のために魔法《マジックショー》を見せてくれた》のと」

「どちらが真実だと思いますか？」

さなかは、本当にどちらにも寄らず、あくまでもニュートラルに、どちらでも好きな方をと言いたげに、理桜に質問をした。

そして理桜も、答えは決まっていた。

「あんたが魔法使いに教わった通りよ」

そう。答えは。

《両方》だった。

9

夜も更け、さなかの帰る時間となった。

理桜は帰り道の途中までさなかを送ることにした。二人はその際にやっと携帯のアドレスを交換した。理桜はその時初めて、さなかの名前が実は漢字で書くことを知った。なんでいつもひらがななのかと聞いたら、画数が多くて面倒なので、と答えた。

「でも、今度から漢字で書こうと思います」

「なんで？」

「魔法使いが言ったのです。親の願いが込められている名前だと。どんな願いかはわかりません。でもこの文字一つ一つにも私が知らなかった意味がある。それを、知らないなりにも、大切にしていきたいと思ったのです」

「その方が良いわよ。お母さんも喜ぶでしょ」

多分ややややもひぃも知らないだろうから、さなかが書いて見せたら驚くだろう。本当に出逢ったばかりなのだと、理桜は改めて驚いた。一学期の三ヶ月は、まるで一年にも二年にも思えるほどに濃密な時間だった。

二人は夜の住宅街を、ずっと話し続けながら歩いている。

「実はまだ、謎が一つ残っているんです」

さなかが言う。

「謎って？」

「蛍です」

「ああ」理桜が思い出す。「私の周りにたくさん集まってたっていう蛍よね。でも、それは何とかなりそうなもんだけど。あれだけ手間かけてたって話なら、今更蛍用意するくらい何でもないような気がするんだけど」

「数を用意したり、理桜さんに集めたりするのは簡単だと思います。問題は、私をずっと導いた蛍のことです」

さなかは中空を見つめながら話す。

「その蛍は蠟燭の火から生まれるように現れて、私の指先に止まり、それから八時間の間ずっと井の頭池の周りを回って私を導き続けました。あの蛍をどうやって操っていたのか、今の私には説明できません。まるで意志があるかのように見えたのです」

さなかはやはりわずかに、悩みの表情を見せている。

「蛍を思い通りに飛ばす、か」

理桜も一緒に考えた。なんだかできそうな気もしたが、ずっと考えているとだんだんできなさそうな気になってきた。それもまた説明できないもの、語り得ぬ謎、小さな魔法なのかもしれない。

考えているうちに、理桜はふと、あることに気付いた。

「ねぇ、さなか」

「はい」

「あんたさ、一個スルーしてない？」

「スルー、ですか？」

「そうよ。いや私から言うのも変なんだけどさ……」理桜が眉を斜めにしながら言う。「ほら最初に、私を助けた男が関係者だの、私の両親が関係者だのって、色んな人が実は関係者だって仮定を延々と並べたわけじゃない」

「そうですね」

「でもさ……まず一番最初に疑うのって、私じゃない？　私が死んだっていう偽装するなら本人が協力的なのが一番簡単でしょ？　つまり、だからその……」

理桜は頭を掻いた。

言いにくそうにしながら、ぽつりとこぼす。

「私が、あんたを騙してるとは思わなかったの？」

「思いませんでした」

さなかは即答した。

「……なんで？」

「理桜さんは友達ですから」

さなかはそう言うと、今まで見せたことのないような、とても優しい顔で微笑んだ。

理桜は顔を赤くする。

「……あんたって時々卑怯《ひきょう》よね」

「すみません理桜さん……私、百合はちょっと……」

「ば！ こ、こっちだってちょっとよ！ ていうか全部あんたのせいでしょ!! クラス中に私の百合疑惑が広まってるのは完全にあんたの責任でしょうがっ!!」

「そうですよ」

「黙れ！」

リリカルリザクラが三期分の必殺技を一斉に繰り出したため住宅街は戦場となった。しかしさなかには大体見切られていて一発も当たらなかった。さなかは鞄から縦笛を出すと勝利のメロディーを吹き上げた。節はデタラメだったがとにかく人をイラつかせる音色だった。

そうしてふざけ歩きながら。

さなかは、あの魔法使いの言葉を思い出した。

〝友達のいる人生はとても豊かだ〟

さなかには友達ができた。
友達ができたことで新しい世界が広がった。
さなかは無限の世界に足を踏み入れた。
(世界は、私の知らないもので溢れている)

さなかは立ち止まった。
理桜もそれにつられて止まった。
さなかは少し俯いたまま、いつもの半分閉じた目で地面を見つめている。
「どうしたの?」理桜が声をかける。
さなかは顔をあげながら。
ゆっくりと目を開いた。
落ちていた瞼が大きく開き、真円の瞳が現れる。

「これが」

さなかは呟いた。

「これが世界」

「ちょ、あんた！　急にどうしたの⁉」

理桜は盛大に慌てた。さなかの目がちゃんと開いたのを見るのは初めてだった。

「よく見えます」

「いやそりゃ開けたんだからよく見えるでしょうけど……」

「そうですか……世界には、こんなにもたくさんの情報が…………」

さなかのしっかりと見開かれた目が、夜空を、星を、街を、理桜を見た。

世界は溢れていた。

何が溢れているのかすら把握しきれないほどに。

「あのさ……それやめない？」理桜が引き気味に言った。

「なぜですか」

「怖いわよ」

「でもこれで生きたいのです」

「うう、そうなの……」

「どうしたらいいでしょうか」

「じゃあ……ちょっと考えるから待って。いや、目が開いてる事自体は悪くはないのよ。前も言ったけど顔は元々いけてるんだし、眠そうなよりは可愛いはず……ただやっぱり目力が強すぎる……。ちょっと前髪で隠したら？」

「それは見にくいです。前髪も切ってしまいたい……」さなかは前髪を左右に分けて押さえると、真ん丸の瞳で理桜を見る。

「怖い、怖いから。良い？　家で勝手に切らないでよ？　それで前髪無くなったら取り返し付かなくなるからね……。いいわ、明日また考えよ。ややたちの意見も聞きたいわ」

明日はややと柊子と四人で吉祥寺にヘアピンを見に行こうと、二人は決めた。

明日の予定は決まった。

明後日《あさって》の予定は何も決まっていない。

だけど四人はきっと、一緒に遊ぶのだろう。

それを証明する論理は存在しない。

論理は必要ない。

彼女たちは、
友達なのだから。

・Perfect fabulist

エントランスをくぐり、さなかはエレベーターに乗った。二十階のボタンを押す。昇っていくエレベーターの中で、さなかはたくさんの事を考えた。世界のこと、過去のこと、現在のこと、未来のこと、友達のこと、自分のこと。さなかはとてもたくさんの事を考えた。

その時、さなかの瞳がわずかに揺れた。それは本当に小さな閃《ひらめ》きだった。

黒い魔法使いが、考えられないほど多くのコストと労力を投じてさなかに魔法を見せてくれたという仮説を彼女は提唱した。周りの人を協力者に仕立て、エキストラとして配置し、さなかの周りにフィクションの世界を作り出したのだと。

だがもしそうならば。さなかに起きた出来事が全てフィクションなのだとしたら。あの黒い魔法使いだけをそこから外す理由はない。そう、黒い魔法使いもまたフィクションの世界に配された、一人の《役者》なのかもしれない。

そう考えてしまうと、この計画の《首謀者》はもはや完全に闇の中だった。充分な費用と労力を捻出できる人間にならば誰にでもできる。誰がやってもよいのだ。動機さえあれば。

だからさなかは動機を考えた。結果から考えた。終わりから、逆に考えていった。魔法使いの魔法で、さなかは理桜と再会した。さなかは理桜との別れを経験して、友達の素晴らしさを学んだ。世界の見方を学んだ。そしてさなかは眼を開いた。さなかは今回の事件で一回り成長したのだ。さなかは、豊かな人生を手に入れた。

だから。

さなかが豊かな人生を手に入れることを望んだ人間には、動機がある。

さなかの思考はそのまま遡っていく。そう、そもそも。今回の計画を進めようとするならば一番最初に必要なことがある。最も欠けてはいけない要素がある。

さなかに友達との別れを経験させるには、さなかに友達がいなければならない。

でも黒い魔法使いはこう言った。『友達を人工的に作ることはできない。出逢いは奇跡だ。友達がほしければ〝運命〟を信じるしかない』と。

だがもしそれが、嘘だとしたら。

誰と誰が友達になるのか、事前に解るような人間が存在するとしたら。運命を見るような人間が存在するとしたら。その人は自分の手で《友達》を作れるのかもしれない。世界の中から運命の二人を見出《みいだ》し、自らの手で引き合わせて、その二人を《友達》にできるのかもしれない。さなかと理桜を引き合わせて《友達》にできるのかもしれない。

そしてさなかは、ある一人の人を思い浮かべた。

その人はさなかに友達が出来ることを願っていた。

その人はさなかの携帯電話にいつでも触ることができた。

その人はさなかの携帯電話のGPS機能でさなかの居場所を知ることができた。

その人はさなかの成長を願っていた。

その人はさなかの豊かな人生を願っていた。

その人は。

さなかと理桜が初めて出逢うきっかけを作った人だった。

エレベーターが最上階に到着し、さなかは自分の家に戻った。

リビングに行くと、さなかの母親が体操着袋に名札を縫いつけていた。

さなかは自分の母親の背中を眺めた。

そして、さなかは微笑む。

(そうなのかもしれない)

(でもきっと違う)

だってこの人も、蛍を思い通りに飛ばしたりはできないのだろう。その魔法を説明できない限り、あの夜のフィクションは誰にも作れない。どれだけの費用と労力を用意できたとしても、一匹の不思議な蛍を用意できない限りは、誰にも。

さなかは、結局何一つ確定できなかった。さなかは空想しただけだった。世界の無限の可能性を闇雲に想像し続けただけだった。世界は依然としてあらゆる可能性を秘めていた。さなかはこの世界を、とても素晴らしいと思った。

名札の縫いつけが終わると、母親は体操着袋をペンと一緒にさなかに渡した。

さなかは名札に『最原《さいはら》最中《さなか》』と名前を書いた。

「お母さん」

さなかはしっかりと見開いた両眼で、同じように見開かれた母の瞳を見つめながら言った。

「友達ができました」

「良かったですね」
さなかの母親は薄く微笑んだ。

THE END

あとがき

自分の《友達》だと思う人がいます。自分の《友達》ではないと思う人もいます。ただその両者は時間の経過とともに新たな友達になったりやっぱり友達でなくなったりする二つです。移ろう時の中で人は変わります。時流の変化に翻弄されながら、《友達》と《他人》の間を往復するうちに、いつしか境界は曖昧となって融合を果たし、友達と他人の力を併せ持つポマトのような究極人類が誕生してしまうのかもしれません。ポマトは養分が不足するせいでポテトとしてもトマトとしてもいまいちだそうです。人類の友情は未《いま》だ道半ばということでしょうか。

とてもあとになった今改めて振り返りますと、本書は〝鑑賞者〟のお話でした。鑑賞者の役割は作品を鑑賞することで、五感を持つことが必要条件の一つです。そのため前髪が目にかかっていたり、ガチャピンのような目つきでは論外ですが、本書に登場する鑑賞者はそれらの問題を無事解決できたようです。それに加えまして彼女は、本書の中で《友情》について学びました。友情はとても人間らしい感情です。しかし親は子供に友情を教えることができません。家族は友人ではないからです。ならば困った親は、いったいどうしたのでしょうか。

きっと親も、友達に相談したのだろうと思います。

友達とは、素晴らしいものです。

本書も関係者の皆様の驚異の友情パワーによって形成されております。

女児力爆発の初版表紙を描いていただきました kashmir 様、年賀状を送り合う友達の初版デザイン BEE-PEE・内藤信吾《ないとうしんご》様、新女児力大煥発《だいかんぱつ》のイラストをいただきました森井《もりい》しづき様、担当友人の土屋《つちや》智之《ともゆき》様・平井《ひらい》啓祐《けいすけ》様、初代担当の幽人・湯《ゆ》浅隆明《あさたかあき》様、その他多くの皆様方、本当にありがとうございます。

そして本書をお読みいただいた旧知の友人と新しい友達の皆様に深く感謝いたします。

野《の》崎《ざき》まど

参考文献

複雑系を解く確率モデル　こんな秩序が自然を操る
香取眞理　1997年　講談社

無限の話
ジョン・D.バロウ(著)　松浦俊輔(訳)　2006年　青土社

数学は最善世界の夢を見るか？　最小作用の原理から最適化理論へ
イーヴァル・エクランド(著)　南條郁子(訳)
2009年　みすず書房

現代社会心理学　―心理・行動・社会―
青池愼一・榊 博文　2004年　慶應義塾大学出版会

友達の作り方
高橋睦郎　1993年　マガジンハウス

友達ができにくい子どもたち
石崎朝世・湯汲英史・一松麻実子・林 祐一・前田美紀
1996年　鈴木出版

〈初出〉

本書は2011年８月、メディアワークス文庫より刊行された『パーフェクトフレンド』を加筆修正し、改題したものです。

メディアワークス文庫

パーフェクトフレンド
新装版《しんそうばん》

野崎《のざき》まど

2019年11月25日　初版発行
2025年５月30日　６版発行

発行者　山下直久
発行　株式会社KADOKAWA
〒102－8177　東京都千代田区富士見２－13－３
0570-002-301（ナビダイヤル）
装丁者　渡辺宏一（有限会社ニイナナニイゴオ）
印刷　株式会社KADOKAWA
製本　株式会社KADOKAWA

Printed in Japan
ISBN978-4-04-912820-8 C0193

メディアワークス文庫　https://mwbunko.com/

本書に対するご意見、ご感想をお寄せください。

あて先
〒102-8177　東京都千代田区富士見2-13-3
メディアワークス文庫編集部
「野崎まど先生」係